老照片

温情系列

我的同学

《老照片》编辑部 编

山东画报出版社

图书在版编目（CIP）数据

我的同学 /《老照片》编辑部编. —济南：山东画报出版社，2018.11

（《老照片》温情系列. 二）

ISBN 978-7-5474-2941-9

Ⅰ.①我… Ⅱ.①老… Ⅲ.①回忆录—作品集—中国—当代 Ⅳ.①I251

中国版本图书馆CIP数据核字（2018）第233448号

《老照片》温情系列
我的同学
《老照片》编辑部编

责任编辑 冯克力 赵祥斌
装帧设计 王 芳

出版人：李文波
出版发行：山东出版传媒股份有限公司
山东画报出版社
社址：济南市市中区英雄山路189号B座
邮编：250002
http://www.hbcbs.com.cn
各地新华书店经销
山东临沂新华印刷物流集团有限责任公司

140毫米×203毫米　32开　8印张　93幅图　120千字
2018年11月第1版　2018年11月第1次印刷
ISBN 978-7-5474-2941-9

定价：25.00元

如有印装质量问题，请与出版社总编室联系调换。

写在前面的话

　　1996 年底，山东画报出版社的《老照片》丛书一经面世，即以别开生面的图书样式、回望历史的新颖视角，受到读者的广泛欢迎，并引发了风靡全国的"老照片文化热"。《老照片》的成功出版，开启了中国出版业的"读图时代"，相继被业内权威媒体评选为：新中国出版业五十件大事；1978—1998 二十年难忘的书；改革开放 30 年来最具影响力的 300 本书；共和国 60 年 60 本书。

　　作为一种陆续出版的丛书，《老照片》以"定格历史、收藏记忆"为己任，至 2018 年 4 月，已出版了 118 辑，共刊出各种历史照片一万余幅，相关的文字一千万余言。从一个独特的视角，为百多年来中国人的生存与发展，留下了一份形象而鲜活的记录。《老照片》出版20余年来，这些带有个人记忆温度的文章受到大众读者的喜爱，年长的读者借此印证经历过的历史，回忆过往的岁月；而青少年读者借此从中国社会的变迁中，仰望历史的星空，感受普通民众细腻的家国情怀。

　　为此，《老照片》编辑部相继编辑了温情系列图书八种：《我的父亲》《我的母亲》《我的老师》《一封家书》《我的童年》《我的同学》《我的故乡》《我们的节日》。其中有些文章从已刊《老照片》中精心挑选适合青少年读者阅读的温暖篇章，文字质朴平实，感情自然真挚。还有一些文章，按照《老照片》的一贯格调，另约稿、辑录了众多名家的作品。如《一封家书》收录了傅雷《写给儿子傅聪的信》、曹文轩《爸爸愿意哄着你长大》等表现父爱的书信；也收录了林薇《写给儿子的两封信》表现母爱的信札，这也是林薇之子、作家止庵首次授权出版。《我的老师》收录了汪曾祺《沈从文先生在西南联大》，这篇文章选自本社出版的《我在西南联大的日子》。《我的故乡》收录了沈从文《老伴》、贾樟柯《忧愁上身》，让我们在故乡的山川异路中怀想起青春岁月；《我们的节日》收录了冯骥才《年夜思》、迟子建《关于年货的记忆》，唤起我们对传统节日的许多遥远又美好的回忆。

在《老照片》陆续出版20年之余，我们冀望与更多的青少年读者一起成长，通过共同翻看《老照片》，开阔阅读视野，增长人生阅历，增添人文情怀。

我们期待这套温情系列，为每位读者开通一条重温往事的时光隧道，大家在历史时空的穿梭中，向美好的回忆致敬，并从中领略人生旅途中的不同风景。

山东画报出版社《老照片》编辑部

目　录

我的母校，我的同学

虞佩曹

现在的北京市地图上已经没有"前王公厂"这个地名了。六十多年前我读书的笃志女中就在前王公厂，它现在哪里呢？打听过，但全无音讯。

2001 年，老同学许泽漪到石驸马大街（新文化街）一带探访。走到原女师大、现鲁迅中学时，一位老师告诉她 10 月份将举行校庆。她写信告诉了我，我因此也收到了鲁迅中学举行一百周年校庆的通知，这才知道笃志女中几经改组合并，已是鲁迅中学的一分子，而一百周年正是从笃志小学建校算起的。

图 1 就是六十年前笃志女中的主要活动区。正在进行的是每天的朝会。钢琴乐声响起，各队鱼贯进入。图右没

图1 正在进行每天的朝会。

有摄入的部分是小礼堂，图中的楼房是与操场对面的南楼遥遥相对的"北楼"。两楼结构相同，楼下是课堂，楼上是学生宿舍。可以看到阳台上有白色床铺，那时体质较差的学生是在室外过夜的。楼的西（左）端紧临下面的胡同，看得出已被木板封死。那是因为一个插班生的朋友在胡同墙边为她弹吉他，还说悄悄话，校长得知后采取的措施。

胡同对面露出的山墙，是高班同学、后同时考入清华的沈如瑜、沈如琛姐妹的家。

操场的地面既非水泥也非土地，是用砖块铺成的。篮

图2 在北楼东端挂钟的大树下合影。

球架只有一个，供同学们练着玩，打不了比赛。队伍后面可见一个一米多高的跳台，那是给学生们练胆子的。

图 2 是北楼东端挂钟的大树，上下课以敲钟为记。后方黑乎乎的门洞是教师们的食堂。门口凸出的一小块平面专放住校生们的来信，校长每日审看，以便心中有数。

原来的笃志女中是英国圣公会开办的，圣公会是基督教中的守旧保守派，所办学校也是以严格、保守为特点。学生大部分是北平市民的孩子，也有小部分来自河北三河及河间等地的教民家庭。学校设置从小学一年级至高中三年级。校风朴素，有些服饰甚至土气十足。例如"童子军"的制服是蓝布大襟短褂，紫红色布滚边，左胸前缀一用墨笔书写队名的白色圆片，如"慈"等，下着黑布裙，白色线袜黑布鞋。

选择把孩子送进这所学校的家长，大多希望自己的女儿学习接受新文化，但又不过分新的社会风气的影响。所以，他们对学校管理严格是非常乐意并放心的。

这所学校的校长及一些中国教师是教会培养出来的。英国教师中最特别的是 Miss Scott，音译的中文名字叫史光。其实她并不给学生上课，只负责管理一批年龄小的住校生的生活，包括我妹和我以及不多的几个农村来的孩子，其中还有两个孤儿。史光个子不高，微胖，走起路来像鸭子，一摆一摆的。她每天下午督促我们去洗澡，晚上监督我们换睡衣睡裤。天冷时我们懒得换，她会把手电筒伸到被窝里来检查。大伙儿有气就给她编了首歌儿："史光光，又圆又扁又四方，睡一夜，变个猪八戒，睡一宿，变个老母狗。"她听不懂，只觉得那稚嫩的童声"小合唱"怪好听的，只顾点头说："Very good! Very good!"她时常鼓励我们说英语，向她要肥皂，说中国话就给块小的，说英语就给块大的，可是头一回我就把Soap说成Soup了，她故意瞪大眼睛问我："你要喝汤吗？"从此，这两个词我再也不会弄错了。

我们只有两个男老师，其中一位姓童的教国文，教《归去来辞》的时候，他读得抑扬顿挫，有板有眼，最精彩之处，在"胡不归"三个字上，他不仅用断奏，而且是三联音，音调上扬，倏然结束，留下一个大"？"，他的教学使我们领略了祖国语言文字之美。可惜我没有跟他学会美读，至今引以为憾。

1930年我入校时才十一岁，家在清华园，父母送我及妹妹住校。笃志女中窝在较为落后的西城区宣武门西南一角，在当时的社会活动中名不见经传，它不同于现也已并入鲁迅中学的培华女中（也是圣公会办的），更不同于东城区的贝满女中及慕贞女中。

死气沉沉的环境却压不住生气勃勃的年轻一代，我们

图 3 同学们着统一运动服装合影。

这个应在 1938 年毕业的班级尤其活跃，想出各种点子使生活充满色彩。自制了动画片人物头像的标志，统一运动服装，没有打过比赛却也拥着一只破篮球拍照留念（图 3）。图 4 是又一项创举：化装晚会。没有音乐也没有舞蹈，招别的学生来看热闹，自己开心留影纪念。图中左一的"少爷"是高××，左二"小媳妇"是作者，左三穿旗袍的"西洋美人"叫李美蓉；中间坐着的"老太太"张学敏，是后来的张大夫；前排左一的"吉普赛女郎"是邓璜，右一的"黑脸叫花子"，已忘了她的姓名。

图4 化装晚会合影。

　　从此图后面的背景，可以看到小学部外面的教堂塔顶。一位不相识的笃志校友在电话中告诉我，中小学校舍已完全拆除，现在是某单位的宿舍区，但礼拜堂的建筑尚存。"前王公厂"现在名为"承恩寺"。

　　图5的全班照中我能认出的有：后排左一李美蓉，母亲是外国人，她说一口山东音的北京话；左五高文灵，好像是高护士的亲戚；中排左一作者；左三袁权猷，左四萧淑熙，前排左五杜汝英（她们三人后来是燕京同学，至今在北京有来往）；中排右二于绍芳（20世纪40年代我们

图5 全班合影照。

是西南联大同学）；前排左四姓王，名字忘了，好像后来也去了贝满女中。

淑熙是我最要好的朋友，她是走读生，下课后却常常留在学校与我躲在礼堂旁小院的丁香树下，把"101歌本"唱会了一大半。她的音色甜美，配上我的中音，一同欣赏得足够了她才回家。后来她去美国攻读生物化学，回国后在中科院工作。我们再见面已是五十年后，她仍是那么温婉亲切。我们回忆1935年组织笃志女中的第一个合唱队，并在北京中学生歌唱比赛获乙组第一名的事，仍兴奋地哼

图6 歌唱比赛获奖后合影。

着那忘不了的曲调。图6为领奖后在中山公园"五色土"的留影。后排左一是教音乐的王老师，左三是高班的张××，左四是吴佩珉，右一李美蓉；中排中间围长围巾的是萧淑熙，围花围巾的是作者；前排左一是王老师的女儿，左二刘秀珍。大家兴奋不已，微妙地觉得这一天是笃志女中首次"出头"的一天。中排张苏芬（左一）和何慧（左二）是常在一起的好朋友，她们后来都上了燕京。多少年后在昆明见到张苏芬，她已与来华支援抗日的国际医疗队中的一位保加利亚医生结婚，他们的儿子名叫保华。后来全家去了保加利亚。

何慧后来去了解放区。我在《西部歌王王洛宾》一书中读到：何慧身穿长过膝的灰棉军装，正在伙房帮厨，身上沾满油渍……像是由当地农村来的杂工……不久有个美国人来战地访问，举行集会演讲。……站在那个美国人身边担任翻译的，竟然是那个"邋遢姑娘"何慧。她流利的英语，文雅的举止，聪慧的气质令王洛宾吃惊！

到 1931 年，我已不是初入校时只会"欻子儿"（一种女孩子玩的游戏）、调皮、留级的那个没开窍的小孩儿。九一八事变的消息传来，如雷轰顶。大家聚在小礼堂相互拥着啼哭流泪，义愤填膺。平日斗气互不搭理的人也成了好朋友。

之后我们又跟家庭到南方去，失学一年。思念学校，恋念朋友，使我再回到学校时变了一个人。努力学习，成绩名列前茅，被人看不起的丑小鸭获有诸多的好朋友。大家一起上街烧日货，控诉日本帝国主义及汉奸的种种罪行。

一二·九运动的第二年，1936 年 6 月 13 日，我们联系了几个学校出去参加抗日示威游行。说好在朝会进行中，听到信号后，由几个同学带头，号召尽可能多的同学一起冲出去。可是入场的进行曲弹了一遍又一遍却听不到信号。散会后才得知来联系的外校同学被包围了，要我们自己出去。这时学校大门已经关闭，我们从办公室信箱内拿到学校后门的钥匙，穿过教堂，只跑出了十几个人，在大街上赶上了队伍。游行到北海附近，队伍被高压水龙及便衣殴打冲散。

回到学校已是下午两点多，我的衣物已被收拾包扎，放在教务主任的房里。她通知我被开除了，叫我收拾东西回家。被开除的六个人中，我是唯一的住校生，其他如陈明义、周曼如等后来秘密地去了解放区。

五十年后我又回到北京，再也没有听说过这所学校，因此发出了开头的疑问："笃志女中，现在在哪里呢？"我终于找到了她。

正如鲁迅中学纪念册扉页上所说："您见到的这所学校，包含着整整一百年的理想与奋斗，蕴藏着整整一个世纪的苦涩与缤纷。"

"过去"对于个人来说，喜怒哀乐的回忆自有一番滋味，对于时代来说，历史留下了温馨与无情的对比，今日的中国有权与过去对比，更有权接受对比后的欣慰。

感谢汤燕女士搜集照片及她的鼓励。

我与清华的同学

秦宝雄

1936 年夏天我考入清华大学，9 月 5 日到北平西郊的清华园报到，在那里读了九个月的书。我们那一级被称为"12级"。春风化雨，乐趣无穷。

初去清华园的新生，因对情况不太熟悉，举止往往不合"规则"。记得在上最初几节课时，每次教师进入课堂，总有很多学生起立致敬。这大概是那时一般中学的习惯。有一位教国文的李先生竟为这事，把学生教训了一通。大意是：新生到清华来，应该"入境随俗"。在清华，教师和学生都一律平等，教师来上课，学生不必起立致敬，这是给我留下印象很深的一课。后来知道，"入境随俗"并不只限于在教室里，在校园里时时都要随时注意，以下就是一个实例。

图1 1936 年，作者在清华。

夜半"拖尸"

开学两个星期以后，一天半夜，忽然有几个人冲进我们卧室。他们先用手电筒在我脸上照了一下，大声地说："就是找你，赶快下楼！"我糊里糊涂，只好跟他们下楼，看见有一堆人在宿舍大门外。有一个人跳出来说："这位新生行为越轨，应该把他拖尸。"我当时就问他："有什么越轨行为？"他的回答是："有一天你穿了清华网球校队的绒线背心，在各处招摇。你还穿了军官式的制服，在校园走动。"当时不由分说被几个彪形大汉抬手抬脚，在空中摇晃了几下，幸未伤及筋骨。我这才想起来，有一晚去找旧识 11 级的林慰梓聊天，临别时因为夜凉，向他借了一件绒线背心穿回宿舍，我还曾穿过金陵中学的制服在校园走动。想不到因为"我的衣服"（入学考题）而致祸。后来有人和我说"拖尸"这件事是一些 11 级（比我们高一级）同学搞的。凡是他们看到不顺眼的 12 级新生，都要被"夜半拖尸"。那夜被拖尸的另一位是王恭斌——著名外交家王正廷的侄子。

拖尸（英语 toss 的音译），是美国大学的一种风俗。高年级学生为给新学生下马威：把他们抛在水里，或用其他方法来捉弄他们。拖尸的领头人是 11 级的陈体强，外号叫"陈体亏"。他 1939 年清华政治学系毕业后，在英国牛

图2 作者当年的清华大学图书馆借书证

津大学获得博士学位，所作论文被世界公认为是法学经典，大学法学院学生必读之书。

我与好友张宗颖

1937年的春天，同级的张宗颖和我说："不久就要开全校运动大会了，体育部正在找一个报告员。我看你嗓门大，我可以介绍你去做这件事。"我答应了以后，几天内收到一份聘书（那时学校各方办事都很认真）。全校运动会在一个周末的星期六和星期日，开了两整天。我做报告员的任务是，用一个很大的喇叭式扬声筒宣布开会、闭会、报告各项目开始的时间、地点和比赛的结果。换句话说，我就是人力发音的电子扩音机。那个周末正好天气和煦，一切都很顺利，燕京也有不少同学来参观，非常热闹。我虽扯着嗓子大叫了两天，并没有力竭声嘶。以后张宗颖常和我开玩笑，说我是"声震清华园"的人。

过了几天，张宗颖和我说："城里有一个很好的电影，叫'Gunga Din'，我们在周末一块儿去看，好吗？"我答应了他。过了一天，他又来和我说："我们班有一个女同学，也愿意跟我们一块儿去，你说好吗？"我又答应了他。到了星期六，我按时到进城汽车停车的地方。发现他带了两个女同学来，一个是我们同班同学，另一个比她年轻一些，但不是她的妹妹，介绍时说她是"小一号"。原来我们那位女同学，是城里贝满女中毕业的，她们学校的学生，常找一个身材和面貌相似的低年级同学做朋友。这两个就被称为"大一号"和"小一号"。看完电影，我们请"大小两号"在王府井大街一个小铺每人吃了一碗肉丝汤面，就又乘汽车回清华园。我和张宗颖送她们回女生宿舍去休息。

张宗颖在学校是我的好朋友之一。他很聪明，会填词，翩翩少年，社交活动力很强。虽在清华读书，但同时参加很多燕京学生的活动，燕京音乐系毕业女生的钢琴演奏，他也会去捧场。复活节时燕京学生组织的歌咏团在清晨时唱《弥赛亚》，他也参加。1937 年卢沟桥事变后，他没有去后方，在燕京完成了学业。以后在天津就业，并结婚生子，名张佑慈。

清华 12 级的金陵同学

清华 12 级二百九十四名新生来自全国各地，很多是北平、天津名牌中学的学生，如北京师大附中、汇文中学、贝满女中和天津南开中学，等等，每校被录取的都在十人以上。我就读的金陵中学，不是"名牌中学"，离北平也远，却也有五位考上了清华，那就是笔者、邵循恺、丁永龄、杨克刚和徐励学。我们中学老师和同学都为我们高兴和感到骄傲。在清华园时，笔者、邵循恺和丁永龄因为都在物理系，所以常在一起读书、吃饭、运动、聊天。以后他们两人都改学了经济，我到美国则改学了电机工程。

图3 作者保存的清华校旗、校徽

邵循恺是我在清华时的室友。他家有四个兄弟在清华毕业，有的还在清华研究院进修过。大哥循正是著名历史学者。我去清华园时，他还请我吃了一次饭。邵循恺在西南联大毕业后，又去美国芝加哥得了经济学博士。1950年后回国，先在广州中山大学任教，后转到岭南大学执教，最后在海南岛去世。

丁永龄在西南联大毕业后，去一个工厂做会计，他工作勤奋，为人谦和，非常低调，所以在动乱时代能明哲保身，未伤毫发。如今他和夫人退休后住在上海，生活宽裕。有两个儿子在上海，在美国的两个儿子也时常回来探省。我和永龄还时常通电话，谈谈生活近况。

12 级同学点将录

1936年清华考生发榜的名单，是按录取人得分的高低排列的。12级同学得分最高的是钟开来（1919—2009），在数学界最有成就的也是他。第一次上物理课时，吴有训教授第一句就说："你们的'状元'钟开来就在这个班里，请站起来给大家看看。"钟开来本来是学物理的，但是后来在西南联大和吴有训教授吵架，就转到了数学系。1945年去美，1947年获得普林斯顿大学博士学位，以后在美国

图4 1937年，作者在颐和园。

大学任教。20 世纪 60 年代以后任斯坦福大学数学系教授、系主任、荣誉教授。他是概率学世界权威，有十余部专著。

同级同学中，官做得最高的是康世恩（1915—1995）。他在清华时就加入了中国共产党。解放战争时期，在解放军中做政治工作。20 世纪 60 年代开始领导开发大庆油田，担任过石油部部长、国务院副总理等要职。

笔者在清华时，和康世恩私交还不错。1937 年 5 月他来找我说："我们 12 级应该演一个戏。"他选了李健吾的剧本《这不过是春天》，要我担任主角，还要找一个女同学做女主角。我们就一同去找那位女同学，说了半天，她抵死也不同意，最后只好作罢了。

同级同学中做地下工作做得最成功的是熊向晖（1919—2005）。他在清华时的名字是熊汇荃。1938 年蒋介石的重要将领胡宗南在志愿从军的大学生中，选熊为他的私人随从。经过适当的历练之后，熊向晖为胡宗南担任为机要秘书。想不到熊是周恩来派去的地下工作者，他将胡的军事秘密、作战计划，原原本本送到延安，所以解放战争时期，胡在与解放军的作战中每每败北。

在清华时我认识熊汇荃，但和他没有多少交往。在长沙时，有一天我看见他离开学校去西安。以后就没有再见过面。

想念你啊，文立徵

李 锐

> 寇逼徐州入鲁先，
>
> 得知消息换人间。
>
> 忠魂定不回衡岳，
>
> 日出当观泰岳巅。
>
> ——《龙胆紫集·哭文立徵》

20世纪70年代初，我怀念老友立徵时，作了上面这首绝句。我们是平津失陷后一起到济南并留在山东的。1938年3月，我到武汉开会，碰到立徵从鲁北前线辗转回后方找组织关系。于是我介绍他入了党，一起来到徐州；他和同行的十几个青年同志，立刻被苏鲁豫特委派到鲁南

作者与文立徵（右），1936 年 2 月摄于汉口。

开辟工作。我们就此分手，一直不通音讯。1949 年南下途中，遇到山东的老同志，才知立徵于 1945 年初在鲁南游击区牺牲了。

20 世纪 70 年代末，我重新回到工作岗位后，立徵的表弟陈铁如不断来信，为的是立徵老家湖南衡山县，由于"找不到入党证明人"，多年来不承认立徵的烈士身份，甚至还有说他是伪军的。表弟寄来一厚本复印的 22 个人写的证明材料，他们都是立徵的战友和同事，有省军区政委、军分区司令员、特级战斗英雄、游击区区长、影片《大浪淘沙》作者，等等。这时我才发现，我的这位老同学、好朋友文立徵，原来还担任过赫赫有名的铁道游击队的政委。

现在的年轻人呵，你可曾知道，你们从电影和小说上认识的那位铁道游击队政委，牺牲时还不过三十四岁；他家中富有，是国民党一个高级军官的儿子；他在北平辅仁大学学化学，英文很好，又爱好文艺，会吹口琴，还喜欢照相，写得一手好字；抗战期间，他在鲁南艰苦的环境中打了八年游击战；他只有短暂的初恋，没有结婚……

为了敦促我写一篇纪念立徵的文章，铁如同志又寄来他珍藏的立徵于1934、1935两年写给弟弟的15封信，其中有1935年12月11日、18日两封书信，详细描述了"一二·九"和"一二·六"两次参加游行示威的悲壮情景。"一二·九"的当夜，立徵就给我写了信，告知游行队伍怎样在王府井南口同警察的水龙、皮带奋战。我收到这封信后，即用报纸抄好，张贴在文学院大门口，燃起了武汉大学同学们的愤怒之火。

在中学时，立徵是一个非常用功、沉默寡言的人；午饭后必临魏碑，当作午休。我们直到高三才成为好朋友。这是由于两人都爱读邹韬奋编的《生活》，都好写白话文，一起办班上的墙报，常常旷课同去看联华公司的进步电影，我们的政治思想倾向完全相同。1934年上大学后，我们每周通信，从不间断；谈论的范围很广，"一二·九"前后，华北形势、国家命运成为主要话题。

当年的辅仁是有党组织的，大概由于立徵沉静内向的性格，以及学校生活环境，没有可能同组织中人接触。1937年5月，我离开学校来到北平接党的关系。6月间，他就正式办了退学手续，跟我住在一起。遗憾的是，当时没来得及介绍他入党；但他从我处看到了许多党的刊物。他也自认为自己已像我一样，是一个共产党员了。1937年8月到达济南后，我们就决定不回后方，留在山东打游击，接受组织的安排，进了韩复榘第三路军的抗日军政工作人员训练班。大概从这时起，他的性格和作风，有了某种根本的变化。

从1938年3月后，我和立徵虽然没有再生活、战斗在一起，但这一厚本证明材料告诉我：这个沉默寡言，曾经热心于化学试验的人，由于斗争的需要，从参加"一二·九"运动的普通一员，成长为一名深受鲁南当地人民爱戴的游击战士和指挥员。鲁南人民义勇总队和鲁南民众抗日自卫军，都是1938年春夏间建立的党领导的群众武装。立徵参加这个部队后，就改名文立正。据当时在这个部队任政训处长的朱道南同志说："我只兼名义，实际工作由文立正做。1938年三四月间，我们带义勇队一个大队到台儿庄一带活动，随即回到峄县四区，和国民党几个比较进步的司令共同协议成立了山外抗日联合委员会，办了一个青年训练班，由文立正负责主持。1938年7月，同党有统战关系的国民党特种工作团第五大队的邵剑秋，抗日坚决，政治进步，一再要求立正到该部工作。特委即派立正以公开共产党员的身份到第五大队，在那里发展了党员，建立了党组织。立正的威信甚高，为所有的干部和士兵所爱戴。"1938年秋，朱道南到国民党第三专署保安第五旅工作，这是一支带土匪成分的队伍，工作很困难。朱道南就向山东分局统战部要求，立徵又被调来当政治部主任。这支部队整顿好了后，1939年秋，立徵又被调回第五大队。朱道南说，"当年冬，邵剑秋部正式改编为八路军一一五师运河支队。这可说是文立正同志初期工作的一大成果。"

　　立徵在第五大队和运河支队工作两年多，邵剑秋至今非常怀念他。他写的材料中说：第五大队成员都是自愿集合起来抗日的老百姓，只有朴素的民族意识，对抗战的持久性、艰巨性认识不清，更不懂得革命的道理。立徵在部队教政治课，讲三大纪律、八项注意，教唱抗日救亡歌曲，用油印印成带画的书，极受战士欢迎，终于使这支部队成为有纪律、有觉悟的抗日部队。在运河支队成立前，干部和战士都叫他文老师。这支部队在立徵的教育指导下，在军事上也懂得了游击战术，除了一般战斗外，打过好几次比较有名的胜仗。如在津浦路上唐湖车站附近袭击日寇军用火车，在津浦路侧伏击汽车，曹家埠歼灭战，夜袭利口铁矿，奇袭唐湖车站据点，等等。这都同立徵的正确指挥有直接关系。在抗战年代里，部队物资供应极端困难，吃饭、穿衣全靠当地群众。在日寇"扫荡"、围剿、封锁和日、伪、顽合流向我们进攻的情况下，常常吃不饱、穿不暖。立徵爱吃高粱煎饼卷辣椒，常穿一件破棉袍。

　　1941年3月，立徵被鲁南军区派到第三军分区任副政治委员兼政治部主任。这个地区即现在的临沂、郯城、邳县、枣庄平原地区，是当年非常艰苦的游击区。1943年到峄、滕、沛地区检查独立支队工作时，因政治委员牺牲了，即留立徵任独立支队政委，并兼任过八个月铁道游击队政委。后来由于小说和电影的关系，铁道游击队真是十分出名了，当年配合铁道游击队工作，在临城六区当区长的范有功，追忆起政委文立徵的时候，叙述了当年他在游击队的一些生动场面：为了应付敌人，他穿着褴褛的衣服，戴一顶破毡帽头，穿一双铲鞋（一种很结实的布鞋）。真像小说上写的李正，穿一件破烂棉袍，束一根用布旒子编成的腰带。他个儿矮，袍子太长，就把前大襟翻起，掖在腰带里。破裤子也补满了白、黑、蓝各色补丁。他常带两支短枪，掖在胸前袍子里。战士们在铁路上斗争，都穿一色服装，很"阔气"，都有手表、好枪。文立徵等领导同志跟随队伍在周围村子里隐蔽指挥。当时护送干部过路，他总亲自参加。记得有一次大清早，见他毡帽上沾有稻草，准是夜里在哪个草堆里"歪块"（随便躺）了半夜。当时生活很苦，几个小枣也算一天口粮。有一天，他拿着一小块果子饼认真地对范有功说："伙计，咱们今晚有饭了。"他非常爱学习，军装上衣和大襟衣的口里，全是自己用布面钉的小记录本，写满了密密麻麻的铅笔字。他很沉着，遇事总要弄个清楚，不轻易下决断。他非常乐观，对人总是和蔼可亲，从不高声说话。他是领导干部，在群众中却很活跃，会吹口琴，总随身带着，一边吹，一边还教小孩们跳舞。

1945年2月，立徵到当时的临城县六区检查扩军情况，这一带群众都亲热地叫他文科长。这里是游击区，他住在丁家堂村。区武装队的一个副班长是内奸，勾结伪专员大汉奸申宪五的匪军，于2月22日深夜突然袭击，立徵不幸遇难。滕县以西、微山县以北广大群众，知道文科长在丁家堂牺牲了，称这次事件为丁家堂惨案。1945年和1948年，这个内奸和申宪五先后被我军捕获，在当地开了公审大会后枪决。立徵牺牲之后，广大干部和群众十分悲痛，从当地一个大地主家找来一口柏木棺材，将他的背包、衣物一起入殓，埋在丁家堂村；在追悼会上唱了临时编的挽歌。

解放以后，丁家堂村等地群众每年清明节和国庆节，总有几千人到文科长墓前开纪念大会，献上花圈，安上高音喇叭，宣传他的英雄事迹。立徽家乡湖南省衡山县的人民，也以故乡出了这样一个人民的好儿子而引为光荣。忠魂呵，你可以回衡岳省亲，看望看望家园了。

（照片由陈铁如提供）

旧时学友

白永达

　　这一组我们几位同窗好友在 20 世纪三四十年代合拍的老照片，距今已过"花甲之年"了。

　　我于 1935 年考入北平师大附中高中，本应在 1938 年毕业。不料 1937 年暑假，正当我们在北平西苑宋哲元属下二十九军三十七师（师长冯治安）一一〇旅（旅长何基沣，解放后曾任水利部副部长）的兵营接受"军训"时，发生了震惊中外的"卢沟桥事变"。军训中途解散，我回到冀中白洋淀老家。这年冬天，日军前来"讨伐"家乡的抗日游击队，我全家在日寇炮火下逃出，几经辗转，跑到北平投奔经商的四伯和堂兄们，1938 年秋仍回师大附中续读高三。

图1　"四大金刚加白塔"在香山合影。

在1939级，我结交了几位兴趣相投的新同学。俞南琛，浙江人，因与人玩笑打闹时常作"猴拳"状，人送外号"俞猴"，他围棋下得很好；郑林生，广东人，为人聪明稚气而又专注，外号"小老广"；张闻博，江西人，眼睛很大，常忽闪忽闪地像在深思，外号就叫"大眼"；姚恩田，河北人，足智多谋，常有奇想，外号"曹操"，又因"姚"与"摇"谐音，还有人叫他"摇煤球"。

他们本是班中个头最小的，但功课不错，又爱玩爱闹，"人小鬼大"，因此被同学们戏称为"四大金刚"。大者，讯其个子小；金刚者，讽其只是小鬼——小顽童。他们是我的"读友"兼"玩友"，彼此形影不离。我的个子比他们几乎高出一头，像个塔尖，所以班中又统称我们五人为"四大金刚加白塔"。

师大附中理科不错，毕业学生有考"清华"的传统。眼看快要毕业，五人私议：毕业后不能继续留在北平给日本人当顺民亡国奴，要去大后方昆明考"西南联大"（清华与北大、南开联合组建）。于是加紧备考。

我们采取"读玩结合"两不误的方针，事先选定某处公园，星期天直奔目的地，然后各找幽静处读书。中午野炊聚餐，边吃边玩，下午继续。傍晚尽兴而归。

图1是"四大金刚加白塔"在香山合影。后排居中者为我。左为"俞猴"。右为"小老广"，他登临山顶很神气，作"我武维扬"状。我之前为"大眼"，再前为"曹操"。

1939年夏天毕业，6月29日五人与另一同班优秀生杨南生东赴塘沽，次日搭乘英商怡和公司的三千吨客货轮"裕生号"（原为中国招商局轮船，抗战爆发后为免于沦入日人之手而售与英商）南行。码头上，身穿中式黑绸大褂的日本便衣宪兵，仔细搜查了我们全身及所带行李。我怀揣到上海"新华储蓄银行"当练习生的介绍信（一位同学的父亲给的），打扮成一副"银行小鬼"样。几个人船票均

图2 在联大新校舍工地"打工"时合影。

买到上海,实际是去昆明,并由"俞猴"在上海海关工作的大哥给我们买好同一艘船下段航次从上海到越南海防港的船票。我们的学历证书与从北平法国领事馆领的过越南的签证,统统交由与我们同行的"小老广"的姐姐代为携带。她在司徒雷登任校长的燕京大学当助教。那时日本人需购买美国战略军用物资,对燕京大学的一行人不加搜查。

船行三周,中途在上海、香港各停靠三天下上客货,于7月下旬抵海防。事实上自登船始,我们就脱离了日本

图 3　作者与俞、张合影。

人的管辖，恢复了自由（在上海船停泊的外滩，属"公共
租界"）。不过在香港，英国海关人员借检查之名敲诈了
我们每人几元港币（在上海换好的）。在海防，法国海关
人员又无端没收了几件我们随身携带的日常生活用品。在
海防，我们欣喜地看到了悬挂中国旗的船只。从华北沦陷
以后，我们已整整两年不见"祖国旌旗"了。

　　由海防换乘滇越线窄轨火车，7 月 21 日下午，即由北
平出发二十三天后，我们抵达昆明。西南联大的师大附中
校友，欢迎我们来到联大，又经一段时间准备，终于考取。

俞在物理系（后转经济系），郑在化学系（后转物理系），姚在哲学系，张在机械工程系，我与杨南生在航空工程系。

1940年暑假，我们作为"平津流亡学生"，在联大新校舍工地上"打工"，挖土方挣生活费。图2即我所拍摄的当时情形：打赤脚、持锄头。不过那天"曹操"不在，只剩三大"金刚"。另一人（右一）是师大附中校友，机械系的温广才。图3是我与俞、张合影，背景是昆明农业学校大楼。

如今，"四大金刚加白塔"尚有四人健在。"俞猴"毕业后当过陈纳德航空公司职员、台湾大学讲师、马来亚印刷公司老板，现退休住在美国洛杉矶；"小老广"郑林生毕业后曾出国留学，现在是一位知名的高能物理学家；"大眼"张闻博曾任国家机械部、青海省机械局的高级工程师，现退休住在成都，近年编过西南联大的校史；我后来转学到金陵大学农经系，曾长期在内蒙古从事农业、牧区的信用合作社组建及社会教育工作，离休后任民盟包头市委员会名誉主委。至今我们仍友谊不衰，时有联系。唯有"曹操"姚恩田在读了一年哲学系后，1940年夏徒步北上，过黄河去参加抗日游击战争，从此断了音讯……

五姐妹

李增志

整理旧书，偶然翻出一张的照片，令我惊喜万分。

那是天津沦陷的日子，我家住在法租界。附近有一所私立的"美育小学"，我们姐、弟、侄等均在此就读直到小学毕业。天津虽被日本占领，这所学校里却没有一个日本教员,连日语课(当时被列为从小学三年级起必修的课程)也由中国人来教。这位日语教师是本校孙校长的弟弟，学生们非常愿意上他的课，因为，他在课堂上几乎从不授课，任由学生们说笑玩闹，他则趴在桌子上睡觉，用这种方式来表达对日军侵略的不满。天知道我们学会了多少日语，反正没听说有谁不及格的。

学校里还有一位教师姓那，我们称他为那先生。他既

前左起：作者、五妹、大姐；后左起：四妹、二姐。

教国文，又教唱歌，人很幽默，深得同学们的爱戴。那先生教的一首歌影响了我的一生，我不但用歌词教育儿女，如今还唱给出生在大洋彼岸的第三代听。歌词是这样的：

> 皓月当空，大放光明，忽被浮云蒙。
>
> 浮云过去华月吐，光明与前同。
>
> 人非圣贤，孰能无过？改过莫稍停。
>
> 知过必改不再犯，依然好学生。

班里几个要好的同学，因为住处较近，常常互相串门做功课。大约是1942年或1943年，我们上三、四年级的时候，有一天几个人正聚在普爱里比我稍大一两岁的郭姓同学家里，她的姐姐见我们几个很要好，建议大家结拜姐妹。于是，我们五人按年岁大小成为五姐妹。依稀还记得，大姐叫郭月清，二姐叫李淑芳，我排行老三，四妹姓董（可惜忘了名字），五妹郭丽雯，都叫她"玻璃粉儿"。我们在大姐家行了结拜礼，又吃了面条，然后去照了相。

那时我正给我二伯父戴孝，穿着一双白球鞋；二姐和五妹家境宽裕些，衣着较为整齐。这可能是我平生第一次进照相馆，表情上难免有些拘谨。

小学毕业后，五姐妹有的考上中学，有的不再上学，来往渐渐少了。特别是后来，搬家的搬家，迁移的迁移，也就音讯全无了。如今回想，还是年少无知啊，不像中学以后的同学，有不少竟是终生联系的朋友。不过我想，我们都会留恋那段儿时的友谊，特别是看到了这张照片以后。它历经岁月风霜，边角虽有磨损，但记忆仍像这影像一样清晰。现在已进入新的千年了，当年的小姐妹早已年过花甲，可我还真想念她们！大姐、二姐、四妹、五妹，你们如今在哪里？身体可好？还记得你们的老三吗？假如咱们有幸再相见，那该是人间多么动人的乐事啊！

一位汉中赴台女生的"思乡曲"

何　芷

　　1991年4月底，突然接到老同学宋国藩的电话，她告诉我：初中时的班长何碧华要从台湾来北京和我们见面。这消息既意外，又让人激动。自从1943年她离开我们班后，将近五十年杳无音讯。当时她是十七八岁风华正茂的少女，而我还是一个十二三岁的孩子。我高一上完后从汉中去了西安，解放后又到北京，抗美援朝去了东北、朝鲜，转业后又回到北京。而她却在1949年就去了台湾。小小的一个海峡把我们相隔了近半个世纪。彼此还能认出来吗？

　　我们去机场接她之前，写了个大牌子——何碧华。出乎意料，当她走出机场时，我们不约而同一下都认出了对方，拥抱着、欢呼着，激动的泪和笑同时进发出来。和她同来的还有一位当年同校的学妹何云霞。想说的太多了，似乎想把近五十年的事都告诉给对方。

说起这次得来不易的相聚，其实纯属一次偶然：宋国藩出差去美国，在旧金山机场等候转机时，突然看见一位似曾相识的女士也在候机，她们彼此都在注视着对方，互相问询后，原来她真是我们初中同校不同级的同学，更巧的是她也是1949年去了台湾，认识何碧华并知道她的地址。她答应回台后一定将宋国藩和我都在北京的消息告诉她。我们就这样取得了联系。

何碧华从高雄到台北，再转飞香港才来到北京，旅途劳顿，本应好好休息，但我们却彻夜未眠。首先，她送给我们一张精心为我们放大加塑的老照片。那是初中二年级春游时和教导主任、级任老师（即班主任），还有部分同学的合照，这是我们初中时代唯一的一次合影（图1）。看着照片，五十年前的往事历历在目。那是1941年夏天，大半个中国沦陷于日寇铁蹄之下，大后方天天被敌机狂轰滥炸，我的家乡在巴山山脉中的小山城陕西汉中，每天空袭警报不断，人们无法工作，学生无法上课。为了让孩子们有一个较为平安的学习环境，汉中城内的各中学、师范学校纷纷迁至周边山区小镇。陕西省立汉中女子师范学校（简称汉中女师）迁至我的老家周家坪。周家坪是距汉中

图1 1943年，陕西汉中女师中三三班部分师生春游合影。

城三十里的一个靠山小镇，每隔一天有一个集市。镇子虽然不大，但还是集政权、文化、商业为一体的"中心"。

汉中女师搬迁至此后，增设了第一个初中班，称"中三三"（即民国三十三年——1944年初中毕业）。当年只收到了十个女孩子，最大的将近二十岁，最小的是我（前坐中），只有十岁。1943年学校迁回城后，又转来一些同学。何碧华（站立前排左一）是以第一名的成绩考入这一班的佼佼者，长得清秀漂亮。由于父亲早逝，她和母亲相依为命，母亲也把一切希望寄托在她的身上，使她养成了拼搏、奋斗的精神。虽然只有十五六岁，但非常懂事，学习非常刻苦、努力，各门功课必须考到一百分，办事也认真负责。为了能上中学，她从几十里外的家乡来到周家坪，目标就是要考上大学，做一个自立、自强、有学问、有本领的人，为母亲争一口气。她在老师和同学的心目中是最棒的。从入学到她离开"中三三"的两年多中，她一直是我们的班长。

十个年龄不等的女孩子的中学生涯，在周家坪"上街"一所破庙里开始了。教室就设在供有神龛的殿里。前半截架着黑板、放着课桌，后半截立着从城里带来的化学、物理实验仪器柜。那些泥神在旁边陪伴着我们。

宋国藩（前坐左三）是沈阳人，父亲是张学良的部下。东北沦陷后她全家辗转来到汉中。她进女师时只有十一岁，我俩坐同桌，形影不离。她非常聪明，功课也很好。唱歌、演讲、演戏、跳舞都缺不了她，是全校闻名的活跃分子。我们一会儿吵，一会儿好，但干什么都在一起，甚至连闯祸、挨批都如此。虽然她年岁不大，但和大一些的同学也能谈得来，因此和何碧华也成挚友。高一以后我和宋便分开了，彼此不知下落。但几十年中，又常常在意想不到的时间、地点相遇。有一次我回汉中，她来北京，我们坐着不同的列车，相向而行，却在中途停车的小站月台上见面了；后来，我全家下放云南昆明，没想到又在昆明街上不期而遇（她也被下放至昆明钢铁厂）；粉碎"四人帮"后，我家回到北京，一天在上班的路上，她推着儿子，我骑着车，在西直门大街上又遇见了。图2是1947年我们在西安的合影。

北京的春天，常常是大风、黄沙，而这年的春天还不到五一，柳条已挂满了新芽。第二天，我们首先去了八达岭长城。一路上她们看到新建的宽宽的马路，高高的楼房，整齐的林荫道上柳条随风飘动，桃花、李花争奇斗艳，就不断地赞叹：北京真漂亮！当我们爬上雄伟长城的最高处，何碧华兴奋之情难以自持，高呼："不到长城非好汉，想不到我今天也成了好汉了！"后来我们才知道，她刚刚从癌症死神手中挣脱出来没有多久，居然爬上了长城，这时我才明白她是在为自己的身体经受了考验和挑战而欢呼。后

图2 1947 年，作者（右）和宋国藩摄于西安。

来几天，我们遍游了著名的景点，最难忘的是去故宫的那一天：她看着雄伟的宫殿，熙熙攘攘的游人，眼中含着泪花对我说："何芷，我真没想到这辈子还能来到北京，还会见着你们！知道吗？当我去到台湾，看到一条海峡把我和母亲、家乡、祖国分开，想着永远也回不来了，见不着了，痛苦是无法用语言形容出来的。那时我常常一个人坐在海边，面对着大陆……眼巴巴地望着，望着，哭着，哭着……"我理解她的痛苦，理解她的思念：幼小的她过早的失去父亲，年轻寡居的母亲含辛茹苦把她养育成人，希望她有所作为。但她在1949年解放前夕，为赌气结了婚，母亲很生气，连她的婚礼都未参加。婚后不久，国民党军队带着家眷跑到台湾，她原想不过一年半载就会回来，岂料从此母女天各一方，音讯断绝整整三十八年，直到1987年台湾放开了赴大陆探亲政策，她才顾不上病弱的身体，绕道香港回到汉中。然而，等待她的却是噩耗——爱她、怨她、等她的母亲早已离开人世，她痛不欲生。

　　一个星期的相聚转眼即逝。她要回故乡为母亲立碑、修墓。临走前，她特意将我们写着"何碧华"三个大字的标牌带走作为永久纪念。她答应我们，第二年一定再来北京多住一段时间。我们期盼着再次聚会。然而，没隔多久我们接到了她的大女儿李汉滨的来信，告诉我们她的母亲何碧华因癌症转移去世的消息。何碧华在病重期间告诉女儿，一定要替她来北京，完成我们相约再聚的愿望。1993年夏，汉滨带着妈妈的遗愿来到北京。"汉滨"取"汉水之滨"之意，寄托着何碧华对大陆故乡的永远怀念。

正是风华正茂时

孙玉德

1945 年，抗战胜利的那一年，我考入金陵女子文理学院。当时，华西埠有五个大学：燕京大学、齐鲁大学、金陵大学、金陵女子文理学院和华西协和大学，形成五大学联合办学的局面，盛极一时。1946 年，各大学陆续迁回原地。我因家庭经济困难，不能随金女大回南京，于是留在成都转入华西大学。

正当抗日战争取得胜利，庆祝的鞭炮声尚不绝于耳，内战的枪声已经打响。"神仙打仗，凡人遭殃"，有谁想过老百姓的死活？抗战已经八年，内战又要打多久？我感到失望和无奈。

1947 年春，我在华西大学读书时，同班同学达玲邀请

图1　1948年春，华西大学北极星团契同学合影。

我和紫云参加北极星团契。当时，我对北极星团契并不了解，碍于情面，抱着试一试的心情参加了它的活动。到北极星团契后，同学们的热情、活动内容的丰富多彩吸引了我。从此，我与北极星结下了不解之缘。

北极星团契，是华西大学中共地下党领导的民主青年协会下的二十多个进步社团之一。北极星团契是国柄和诗圃等同学发起创建的。他们取"北极星"这个名字，意味着向往遥远北方的那片民主圣地。

北极星团契的同学来自华西大学文学院、理学院和医学院，虽同在一个学校，但并不熟悉，甚至互不认识。为了建成一个互助友爱、共同进步的集体，我们采取了多

图2　1947年夏，北极星团契同学到农村调查途中。

种方式：每天晚饭后、晚自习前，大家在一起散步谈心，
学唱民歌和革命歌曲，练习中外民间舞蹈和秧歌舞；每个
星期六晚上，我们在学生分社或团契顾问徐维理（W. G.
Sewell 华西大学英籍教授）家里聚会，讨论时事，谈读书
心得，朗诵诗歌，做游戏；节假日到野外郊游，夏天到华
西埠的青春岛去游泳。年轻人在一起，"从早晨直到夜晚，
快乐歌声唱不完"，我们用歌声唱出了一个春天。

　　为了彼此能进一步了解，我们还采取"个别谈心"和
相互写"家信"的方式互换意见。国柄不仅是我们团契的

图3 1948年夏，北极星团契同学在华西坝青春岛。

发起人，也是我们团契的老大哥，他主动找我们团契的同学个别谈心，给我们每个人写"家信"（解放后才知道国柄是中共党员，还担任过民协领导成员）。记得在我参加北极星团契后不久，国柄也曾找我个别谈心。他不仅会写文章也健谈，在谈到当时社会贫富悬殊时，他说："现在的富人生活在天堂，穷人生活在地狱。天堂的地板就是地狱的天花板。如果穷人能起来打垮这天花板——"他突然反问我："你想会怎么样？"我还没来得及反应，他马上自问自答说："那时，没有了天堂和地狱，就变成了人间。"

他的比喻是那么的形象，让我一生难忘。他在给我的"家信"中写道："慵懒、安闲像毒素一样弥漫了华西坝。"我心里明白，他的批评也包括我，当时我心里有点不是滋味，但他最后鼓励我："希望你能冲出你的小天地。"当时，我们对他的意见都十分重视。

2005年国柄病重时，他回忆说："那时我心中确实有火一样的激情，希望我的火点燃别人心中的火，共同燃烧熊熊大火，把一切剥削人、压迫人的制度烧个精光。"

1947年夏，团契组织大家到狮子山农民家里访贫问苦。让我们亲眼看到了农民生活的贫困和劳动的艰辛，使我们这群四体不勤、五谷不分的青年学生受到一次深刻的教育。

秋季开学了，华大学生自治会进行改选。我们团契的诗圃品学皆优，能团结同学，有组织能力。进步同学把他推出来竞选学生自治会理事。团契的同学大力助选，竞选获得成功。

团契同学之间，还经常传阅书籍。开始时，传阅一些进步文艺作品和科普读物，如《闻一多的道路》《萧红小传》《大众哲学》《观察》等。当彼此取得进一步了解后，我们又悄悄地传阅一些当时的禁书，如《新民主主义论》《共产党宣言》《论联合政府》《西行漫记》等。正因为是禁书，得来不易，我们如饥似渴地、认真地研读，寻找中国革命

图 4 1948 年，北极星团契同学在华大校园。

的道路。我们从中听到了中国共产党的声音，当时，我们认为中国共产党领导的新民主主义革命才能引领中国走向民主自由和繁荣富强。

1947 年 12 月，成都发生了"官箴予事件"。官箴予是成都市参议员，在参议会上就竞选国大代表惹恼了当权者，被下令抓了起来。为此，华大、川大等校学生举行抗议示威游行。我们团契的同学参加了游行。游行队伍走到督院街国民党省政府门前，高呼"释放官箴予""要民主、要自由""保障人民民主权利"等口号。最后，游行队伍拥进了省政府内。警备司令严啸虎出来应付，同学们把他围在一辆卡车顶上与他谈判，最后他答应释放官箴予，这次斗争胜利结束。

1948年，蒋介石派王陵基任四川省政府主席。4月9日，在王陵基举行就职典礼时，全市学生举行了"反饥饿、反内战"的示威游行。北极星的同学也参加了这次游行。王陵基对这次游行进行了镇压，打伤若干同学，逮捕了一百多人，其中有我们团契的达玲。这就是成都有名的"四九血案"。为抗议此次暴行和营救被捕同学，华大罢课一周。最后国民党政府被迫释放了全部被捕学生。

1948年5月4日，华大进步社团在体育馆联合举办"五四纪念晚会"，声势浩大，盛况空前。我们团契喜欢音乐的人不少，龙骧、诗圃、光琪会拉小提琴，春璜、永义、俊臣、永馨、留美爱唱歌，所以我们选择了大合唱作为晚会节目。由春璜指挥，全体参加，演唱了两首歌，其中一首是《跌倒算什么》。

1948年，国民党加强了对学生民主运动的镇压。正如《跌倒算什么》的歌词："天快亮更黑暗，路难行，跌倒是常事情。"诗圃、栋材、达玲先后被迫离开学校。国柄被学校挂牌开除，后经多方努力，学校虽收回成命，但处境仍很危险，也被迫离开学校。

图5　1984年，北极星团契同学在华大荷花池畔重逢。

　　1949年4月9日是"四九"血案一周年。川大决定在这一天晚上举行纪念晚会。我们团契的同学相约前去参加。当我们赶到川大时天已黑了，操场上篝火烧得旺旺的，周围已坐满了人，一个个脸上露出兴奋、紧张的神色。晚会还没有开始，突然一片强烈的白光从人堆中喷出（事后听说是燃烧的镁粉），引起一阵骚乱；不一会儿，另外一处又有同样的白光喷出。同学们很快明白这是有人故意捣乱，全场同学唱起了《团结就是力量》，外层的同学，手臂挽着手臂筑成了一道坚固的长城，保证了晚会的顺利进行。晚会上，川大同学演出自编的节目，控诉国民党镇压学生的罪行。会后川大同学举行校内火炬游行，我们绕小路摸黑赶回学校。

北极星团契先后有四十多位同学参加，其中有十六位参加了成都民主青年协会，这是一个在中共领导下的秘密组织，后来有三位成为中共地下党员。成都刚刚解放，他们大多放弃了大学文凭，参加了革命工作。

1957 年，我被下放到少数民族地区，与大家切断了联系。等 20 世纪 80 年代再相聚时，我们都已两鬓斑白。我们每个人都拥有一个一言难尽的曲折故事，但都十分怀念我们风华正茂的那些岁月，十分珍惜在那些岁月中结下的友谊。

一幅进步学生社团成员的合影

刘丰铭

我是在 1947 年初加入良知学社的，我们的谈心活动就是在珞珈山杨家湾的茶馆进行的。大家轮流做东，社友全是各院系男同学。这时的武大，学生除川籍的，其他省籍的已经增多。原籍安徽寿县的黄世隆同学也加入了我们社团，良知学社开始改变其为同乡会的形象，并融入进步学生运动的大潮。而且，社友也不全是学生了。如政治系毕业生蒋宇清留校任职训导处，另一位蒋姓老社友已任教工学院，1947 年考取公费赴美留学，我们还在杨家湾为之举办欢送茶会。社友之间团结互助，兄弟相称。我年纪最轻，对姓全的称"全哥"、姓黄的称"黄哥"、姓蒋的称"蒋哥"……从 1948 年下半年起，我与社友黄世隆、胡泽昭三

社团成员的合影

人同住在宇字斋 17 号（原为我与老社友李亚聃同住）。李
亚聃于 1948 年六七月间从土木系毕业离校，照片即 1948
年为欢送李亚聃等社友毕业离校合影，地点在老图书馆门
口一侧，背景为法学院建筑。

　　当时，我是良知学社最后一任总务干事，社内、社
外由我承担总责。今天再细看这张五十多年前的老照片，
不仅合影的人已星离云散，有的已阴阳隔世，而且每个人
的形象均有可能面目全非。以我而言，当年满头浓密的黑
发，而今华颠龙钟。即使老友相逢亦不能相识。加上世事

沧桑，纵有思念之苦，也多无联系，只能零零星星介绍一点情况。

刘丰铭，武大法律系。经黄世隆同志介绍加入"新民主主义青年联盟"。解放后南下广西，1954年调回武汉在大学任教，现为武汉大学法学院教授，已离休。

全理华，1945年入学，武大生物系。1938年入党，由于一位介绍人被捕，另一位去了延安，失去组织关系，到1980年终获查实，在部队离休，现住大连。

1949年初，由于国民党政府滥发纸币物价飞涨，同学们生活都很困难。全理华鼓励我出面筹办自费生伙食团，我俩联袂竞标成功，名义上我任伙食团经理，实际上由全哥经办。当时的武大训导长朱萃浚是我所修国际法任课老师，我不便直接面对，是全理华去交涉的，虽争取到粮食补助，但受到朱训导长警告：今后不得再向学校伸手。我们自费生伙食团办了一届只得散伙。

胡泽昭，武大农学院，中共地下党员。解放后参军。

自费生伙食团散伙后，胡泽昭串连发起组建一个自费生同学会（当时，谁都可以"登高一呼"组建这样的同学会，只要有群众参加，真可谓"乱世出英雄"），胡泽昭当选这个同学会主席，我是干事之一。我们这个同学会参加了"武大自费同学联合会"号召的联合行动，冒雨乘夜列队前往十八栋（校领导住处）请愿，得到全校同学支持，为我们送去了御寒衣物。经过各自费生同学会的联合努力，争取到在学校增加一部分半公费生名额，使我们这批接近断绝家庭接济的外省籍学生得以坚持到武汉的解放。

刘兴，武大土木系。1949年初去解放区，20世纪50年代初任职湖北沔阳水利局。

周国昌，武大土木系。他是我前任一届良知学社总务干事，1949年初去解放区。武汉刚解放时，我曾与之在汉口街头邂逅，他时任职湖北省交通厅。

蒋明细，武大物理系。已于1992年去世（时任职沈阳辽宁工业大学）。

蒋宇清，武大训导处派住男生宿舍列字斋的管理员。1947年上半年，我曾住他隔壁宿舍。解放后，他去了中原大学学习，后分配湖北恩施工作，已于2002年去世。

黄世隆，武大法律系，地下党员。武大校史档案馆陈列的民教站教师合影中有他。20世纪80年代初，他在哈尔滨黑龙江人民出版社工作期间，曾与我通过信。

袁子宜，武大工学院。1947年暑假期间，同学们在汉口为"六一"惨案死难烈士抬棺游行，他走在队伍最前面。校史档案馆陈列有当时的新闻照片。

赵良，武大经济系。1954年春夏之交，我在汉口江汉路冠生园进餐碰见过他一次，他时任教某校。

　　其他诸社友都如同从人间蒸发。"凉风起天末，君子意如何。鸿雁几时到，江湖秋水多。"（杜甫《天末怀李白》）但愿《老照片》可为之搭桥。

我和最好的朋友的合影

潘乃谷

　　1946 年抗战胜利后，西南联大完成了它的历史使命，清华、北大和南开三大学各自从昆明迁回了抗战前的老校址。因父亲（潘光旦）在李、闻事件后，与费孝通先生去了苏州，母亲带着我们回到了清华园，仍然住进了抗战前的老房子——新南院 11 号。

　　清华大学为了我们这批清华子弟能继续学业，恢复了原有的成志学校。当时我十岁，之前在昆明联大附小上到小学五年级，回来继续进入六年级，班上的很多同学都是熟人，不是这位伯伯的儿子，就是那位伯伯的女儿。那时读书可不像现在的孩子负担这么重，下课后我们在清华园里的小溪中捞小鱼抓青蛙，在小土丘上摘酸枣吃桑葚，还

作者（右）和她的好朋友安伦在一起。约摄于 1949 年。

可以在庭院里养小鸡种草莓，真是开心。

安伦是我最好的朋友，她的父亲吴泽霖先生在清华学堂（校）时代和父亲同学九年，留美回国后又都从事社会学的教育工作，并曾在上海和昆明西南联大共事多年。抗战胜利后都在清华社会学系任教，先后都曾兼任过清华大学教务长工作，父亲还兼任过图书馆长。那时安伦家住旧南院（后称照澜院），我们俩形影不离，放了学有时去她家，有时在我家，一起做功课，一起玩耍，直到从成志学校初中毕业，又一同考进城里的师大女附中，虽然分入不同班级，但还是一起住校度过高中的学习时光。高中毕业后我们又进入了不同大学，毕业后她去了山西，我去了内蒙古，由于当时的历史情况，我们之间几乎没有了消息。直到20世纪70年代末才又恢复联系。

大概是1949年的一天，我们到图书馆去，吴伯伯正在布置少数民族文物展览，我们在那里东看西看，感到非常新奇。吴伯伯就让我们两个人各穿上了一套少数民族的服装，在大门口照了这张照片。20世纪80年代初我无意中从苏州舅舅家的影集中找到这张照片。那时我和安伦已恢复联系，我高兴地翻拍后寄给她作为纪念。

多彩"劳卫制"

薛黛邦

新中国成立那年，我小学毕业考入江苏省南通县金沙中学。每年一届的县运动会，最初只有两所中学角逐，金沙中学田径项目优势明显，常获总分第一；男子篮球、足球、排球的冠军则非平潮中学莫属，两校体育水平各有千秋。

金沙中学体育老师李恒琪身材魁梧，常穿草绿色上装，颇有军人风度，他曾兼任我们初一丙班的班主任。在他的倡导下，劳卫制开展得红红火火、多姿多彩。"练好身体，建设祖国，保卫祖国！"雄壮激昂的口号声，时而响彻广袤的操场上空，这是寄宿生的晨练序曲。然后在李老师的带领下，大家沿着操场四周跑步。

劳卫制是"劳动卫国体育制度"的简称。当时，学校体育器材简陋，考核学生体育成绩主要有 100 米跑、跳远、跳高等项。记得我做跨越式跳高时，高度达到胸部上缘及格过关后非常开心，身材矮小常坐课桌第一排的我尝到了勤学苦练的甜头。

劳卫制的活动中歌舞演练也很活跃，常有同学参与人民剧场的庆典演出。每逢集会游行，中学腰鼓队更是一枝独秀、万众瞩目。腰鼓表演在新中国成立后是很时尚的群体活动，早在 20 世纪 40 年代初期就流行于陕北革命根据地，因而腰鼓队队员们的服饰有浓重的北方农村特色——男队员头上缠绕一块毛巾。打腰鼓的基本动作：右手执槌敲击鼓皮发出"咚"声，左手执槌轻弹鼓皮发出"啪"声，左右手不停地敲击，不断地发出"咚啪咚啪……咚啪咚啪"的声音。

有些纪录片中的腰鼓队，在游行时动作简单少变、四平八稳。其实，真正的系统表演时是精彩纷呈的，既有轻歌曼舞、闲庭信步似的肢体语言，又有疾风暴雨、排山倒海般的恢宏气势。紧密的"咚啪咚啪"声调响起时，男女队员们双脚先后分别原地跳跃，随后在更加强烈的"咚啪咚啪"的声浪中，队员们旋风似的转体 360 度，周而复始两次后，鼓声忽然变得缓慢低沉，刚刚紧绷的心弦顷刻松弛舒展，犹如徜徉在江南小桥流水、诗情画意般的意境里。接着，男女队员

腰鼓队的合影。摄于 1950 年。

们在急骤的鼓声中变化队形迅速反方向移动，并上演高难度动作——胯下击鼓。这两节表演是腰鼓表演中的"压轴"和"大轴"，队员们爆发出的青春活力，引人入胜。

　　稍后的节目中，莲湘中融入了腰鼓，这是李恒琪老师的创新成果。莲湘是用长约一米的细竹竿制成，两端有孔，孔内并排放置两枚铜钱样的金属制品，挥舞时发出清脆悦耳的声音。莲湘队员均是坐在课堂前排的男生，"执行教练"是进校不久的初一新生，他读小学时已精通莲湘技艺了。莲湘腰鼓联合表演时，务必要步态一致、舞姿一致、音响一致，方能别开生面，让人耳目一新。

　　这幅摄于 1950 年的照片，留下了历史见证，地点是在金沙中学操场，背景为田埂绿树农舍。前排席地而坐的是莲湘队员，后中排分立男女腰鼓队员，每排十六人。右侧鼓架上放置一面大鼓，一位男生手执双槌，专职指挥演出节奏。紧挨鼓架蹲坐者，是甘当配角的李恒琪老师。

往昔"少女"的聚会

谢文秀

　　1950年，我们是上海进德女中高三的学生。快毕业了，分手在即，可能是吕俊华建议，到照相馆拍一张合影留念。我们去的是石门一路（当时叫同孚路）一个不大的照相馆，但具体名字想不起来了。拍照片留念的主意记不准是不是俊华提出的，不过她是我们八个人中的头儿，出主意的多半是她，而我，是其中最幼稚、最"懵懵懂懂"的一个，经常是"随大流"。俊华仿佛还说起，过五十年相会，我们都白发苍苍，拄着拐杖，弯着腰，到那时看看这张照片该多有意思！一群十几二十岁的女孩，总以为到六七十岁时，注定老得走不动路了。

　　没想到，五十一年后，我们居然在北京相聚了。我们

图1 前排左一汪庄祥、左二薛君桐、左三作者；后排左一吕俊华、左二朱文熹、左三郎秀兰、左四谢斐斐、左五戴筱英。1950年夏摄于上海同孚路一家小照相馆。

居然都走得挺利索，但是，又不得不承认，毕竟老了。在清华园，我们想按当年的排列座次再拍一张，虽说戴筱英（图1后排右一）已去世，但其余七个都健在，应该好好照一张对比一下。唉，真是老了，从安徽赶来的谢斐斐（图1后排右二戴眼镜的，图2前排左二，穿红上衣黑裙子）本来坐对了，偏偏以聪明闻名全班的俊华（图1后排左一，作甜蜜状，图2老位置，穿黑白花连衣裙）记错了，让斐斐坐到前边。而我们之中的任何一个都没有把握说清斐斐当年的准确位置。也只能这样了，留下一张记忆有误的照片吧，谁让我们都老了呢？

有一段插曲，那天十岁的外孙女听说我有当年的照片，一定要看。我说，你看了也认不出来，她坚持认得出来。我把照片给了她，她横看竖看，指着后排中间个子较高较胖的郎秀兰说"是你？""不对！"又猜了两位，还是不对。最后，我告诉她，是前排最右边梳短辫子的小姑娘。她很惊讶，"我第一个排除的就是她，那么秀气，不可能是外婆。唉，外婆，你怎么越长越难看了！"她笑了，自然规律嘛，谁也改变不了，人老了，可不是越变越丑呗。

我们在北京的几个同学，吕俊华、薛君桐（图1前排中，抱着膝盖，图2位置不变，仍然抱着膝盖）和我（图1前排右一，穿着白靴子，作小鸟依人状，图2位置不变，戴着黑眼镜，多少能遮住眼角的皱纹和泪囊）还时常聚会——在吕俊华清华大学的住所，也去过君桐任职的友谊医院宿舍。我家，不是我所在的广播电视局的宿舍，而是我丈夫所在单位的宿舍，她们也来过。我们偶尔也说起当年那张照片，谈起当年那些淘气事。别看我们现在都"人模狗样"，教授、主任医师、高级编辑、注册会计师什么的，在学校里简直不像个中学生。我们都是1946年进校的插班生，其中的郎秀兰（图1后排中间，显得比我们都成熟，图2后排右边，头发花白，穿黄衬衫）、汪庄祥（图1前排左边，穿白衬衣，蓝裙子，图2位置相同，头发几乎全白）和吕俊华三个，是上海有名的教会学校清心女中转来的。

清心女中搬远了，家里不放心女孩住校，只好到比清心女中略差一点的教会女中进德来。从好学校到差一点的学校，功课自然不成问题，松了一口气，好好地、痛痛快快地玩玩。谢斐斐的父母都是教师，在妈妈工作的小学念书，大人眼皮底下，非老实听话不可，初中前两年在父亲任教的同德医学院附属中学，都知道她是谢大任教授的女儿，她也不敢太顽皮。父母总觉得男女同校不如女中好，又让她转到进德女中。到了进德，斐斐总算跳出了父母的视力（不是势力，为人师表哪来什么势力）范围，前八年受"压抑"的顽皮能量全释放出来了。我是从一所不入流的中学（我初一没上，小学毕业一下上了初二，好学校当然进不去，只能在差点的学校站住脚）转来的，按说应该好好学习才能跟得上，可我实在是太贪玩了，看到她们那么轻松愉快，自然愿意跟她们合群。朱文熹（图1后排左二，图2位置相同）是太仓转到上海来的。君桐是进德女中的南市分校，俗称"老学堂"转来的。大概最早在南市办了进德女中，后来才有慕尔鸣路（如今的茂名北路）的进德女中，按说慕尔鸣路进德女中才应该是分校。已故的戴筱英也是插班生。

图2 前排左一汪庄祥、左二谢斐斐、左三薛君桐、左四作者；后排左一吕俊华、左二朱文熹、左三郎秀兰。2001 年夏摄于北京清华园。

　　玩什么呢？台板（课桌）上捉人，是吕俊华的创造发明，放学后，别的同学都回家了，我们就在课桌上追来追去。一边追，一边笑，真尽兴。稍大一些，觉得成天捉人太小儿科，又学着打扑克。我的桥牌就是那时学会的，有时也打"百分"，也就是现在说的"升级"。老在学校玩，太扎眼，俊华有一间独住的亭子间，经常聚会的场所又移到了她家。有时也去看美国电影，但好像很少一起去，都是各去各的。当然也少不了看些畅销书：《飘》《简爱》《呼啸山庄》

《蝴蝶梦》什么的。还有就是给老师起外号。一位毕老师，教世界历史，鼻子高，额头高，她的绰号是"喜马拉雅"，后来才听说，她是吴学谦的夫人，地下党员。教数学的罗老师，比较丰满，外号为Ｓ（这个外号是吕俊华参考老师的身材起的，很不雅），还有一位老师，爱搽红里透黄的胭脂，那就是"两面黄"（一种油炸的面食）了。

教会女中是培养"淑女"的，女学生会点儿英语，懂点儿音乐，会穿着打扮，星期日斯斯文文上教堂做礼拜，参加唱诗班，哪有像我们几个女学生成天疯疯癫癫瞎玩、傻玩的。女校长（好像叫许瑞圭，福建人，美国留学生，终身未婚，爱穿绿衣服）、教务主任吴老太婆见我们只皱眉头，说我们不好吧，但也没犯校规；说好吧，当然不可能。可有一次我们确确实实被怀疑为盗窃嫌疑人。

班里有一个家境富裕的同学施旋坤丢了钱，数目还不小，教务主任出马让全班同学把课桌台面翻开，这下坏了事！有一副扑克牌还在我这儿呢，我赶紧把牌递给靠窗坐的斐斐，她就往窗外一抛。众目睽睽之下的小动作，还不是自投罗网？结果不光扑克牌的事暴露了，我们之中年龄稍大些的，还被怀疑为"三只手"。

直到上海解放以后，一位同班同学向郎秀兰、汪庄祥等道歉，说了真情：当时地下党的一位同学向她借笔钱，十万火急，她没有其他办法，只好从施旋坤那里下了手。我那时太年幼，只知道扑克的事，被怀疑偷钱、同学道歉等，其他一概不知。若干年后，到 20 世纪 90 年代，斐斐有次从合肥来北京，说起郎秀兰曾告诉她这件事的原委。

班上的进步同学曾做过君桐，可能还有戴筱英的工作，她们去杭州参加过悼念革命烈士于子三（解放前夕被国民党抓捕，死在狱中）的活动，好像没找过其他人。地下党员毕老师也没把我们看在眼里，我们确实太幼稚了，"孺子不可教也"。反正，我们是一群教会不喜欢，地下党兴趣不大的"姥姥不疼，舅舅不爱"的淘气包。可是我们自我感觉挺好。我们一共八个同学，自称 Big eight，那是从书本上的 Big four（一次大战结束，战胜国英国的乔治、法国的克列孟梭、美国的威尔逊及意大利的奥兰多等四大巨头）套来的。Big eight 当然是自我膨胀或自我安慰。不过，几十年过来，除了戴筱英过早去世外，其余七个都学有所成，正派、勤劳，凭真本事，不吹不拍，更不趋炎附势，都是堂堂正正、实实在在的读书人。虽然不 big，但我们也绝不是踩着别人肩膀往上爬的心灵肮脏的卑微小人。

我们七个老同学大学毕业（斐斐、俊华是研究生）后都分配在北京，一次又一次干部下放，好几个人到了外地。好在身体都还行，能独来独往。这次大都是单枪匹马从外地赶来。

汪庄祥是我们之中年龄最大个子最矮的一位，此时周岁已经七十一，干瘦老太太，动作敏捷，走路更是一阵风，她从北京师范大学幼教系毕业后留校，当助教没几年，支援大西北到了西安，一住就是四十多年。从西北大学退休后是全职家庭妇女，买菜、做饭、登高晾衣服、弯腰拖地，练得手脚麻利，头脑清醒。谢斐斐和我，早先最小的两个，却成了胖太太，倒也不是我们懒得动，斐斐是老干部活动室的活跃分子，跳舞、唱歌少不了她。本人是自带工资的保姆兼秘书，阳台上踩凳子晾衣服也是我的必修课，还是那句老话：人要发胖，喝凉水也长肉。学生时代稍胖的郎秀兰在20世纪50年代后期从北京下放到武汉，如今说得一口汉口话，可她脾气温和，一点儿不像"九头鸟"，她倒是越老越秀气，简直可以去当老年模特儿。俊华这辈子就没胖过，名副其实的"猢狲"（她属猴，又好动）。南京来的朱文熹还是当年那样文文静静，慢条斯里，我们聚会时，从不让她动手做饭，因为她太细致、太稳当了，斐斐和我说："叫朱文熹烧饭，肚肠根也痒煞忒了！"君桐没太大变化，也许是医生的职业教会她较多的养生之道吧！我们相约，在本人七十周岁的那一年，也就是2004年，争取在北京再会！

回忆我和瑞康的同学生活

胡进青

　　1952 年初，邓瑞康和我小学毕业考上了常州师范初师班。那时常州市的中小学还有春季班，我们是小学最后一届春季班毕业生，常州师范的历史上也只招过这一次春季班，而且此后也不再办初师部，我们的初师春季班是常州师范校史上的唯一。解放初期，城市的失业率还很高，师范生百分之百享受国家颁发的甲等助学金，作为伙食费，标准不低，家境贫寒的同学还可申请困难补助金，毕业以后由政府统一分配工作，一辈子的生计，通过一次入学考试彻底解决。那时各学校都是独立招生，报纸上刊登招生通告以后，邻近市县也纷纷赶来报名，应届生、往届生、已经在普通初中或职业学校就读的学生、郊区农民，等等。

图1 邓瑞康单人照。摄于20世纪50年代。

在总计一千二百多名考生中录取六十人，竞争激烈，但新生的整体素质也随之提高了。其中小学应届毕业生被录取的寥寥无几，我毕业于常州师范附小，几十人报名，只录取了我一个人；邓瑞康是常州市另一所名校龙城小学毕业的，符焕顺同学的母校西大街小学也只考取了他一人。常州师范附小还遵循传统按名次为毕业证书编号（图2），邓瑞康和符焕顺都说不出毕业时的名次了。我们小学应届毕业生年龄都偏小，我虚岁十三。而班内年龄最大的二十七岁，入学时已有两个孩子，在校读书时有了第三个孩子。我们是少先队员，是少年，而大多数同学是青年，是成人，和他们有点"代沟"，这也是我与邓瑞康容易成为好朋友的基础。我们应届生报考师范，主要不是为了生计，而是当时常州市仅有的两所公立中学都不招春季班，而私立中学每学期的学费高于一般小学教师的月工资，读师范不要学费，还有钱拿，碰到这样的好事，也就不放弃了，就这样有点稀里糊涂地读了师范，也因此做了一辈子教师。

在常州师范读书很是轻松愉快，没有题海，不排名次，也没有升学考试的压力，课余活动内容丰富，中午及下午两节课后这样大段的时间可以自由支配。学校要求每个师范生都要会一两种乐器，风琴演奏是音乐课的考试内容，二胡与箫笛也相当普及，加上歌咏和戏剧爱好者又多，各个教室都是排练场，热闹非凡。自发组织的篮球队相互间要搞友谊赛，只要写块小黑板，出个告示就把场地定下来了，为了能抢占到比赛场地，有时需要两三天的提前预定。瑞康和我年纪小，只能当热心的拉拉队员。瑞康的身体素质好，被学校体操队看中，全班只他一人。常州师范的体操队在市内颇有名气，常常外出表演。毕业前夕，学校安排了一次全校观摩，瑞康在单杠、双杠、木马、跳箱等每个项目都有出色的表演，是体操的全能运动员。在课表规

图2　小学毕业证书

定的体育活动时间，我班常组织去天宁寺林园散步，三三两两，悠然而去，悠然而归。林园空气清新，游人心旷神怡。如今林园虽在，当初的静谧已不再。

　　我们班十二个通学生，坐教室边上靠墙一行，初一时坐过右侧，后来换到左侧直至毕业。初一期末时我和邓瑞康的身高都长到一米七以上，就坐到最后排，成了同桌，交往更多了。两家都在市中心，相距不远，你来我往，彼此的家庭成员也都熟识了，我的父母都直呼其名，叫他"瑞康"。

那时我们对科技知识有共同的兴趣爱好,除了阅读书刊,也喜欢动手做点小制作。如买电动机模型的套件装配了电动机,成功后我们又根据电动机的基本原理,用长约十厘米的铁钉,做成了立式两极电动机模型。

我们在沪光眼镜店买镜片,用纸卷起来糊成镜筒,做成了"伽利略望远镜",课余时间带着它走到学校附近的赵家弄南口,欣赏郊外风景,远处大成一厂烟囱上的避雷针,肉眼看到只是一根针,用望远镜可以分辨出其顶端分叉的三叉戟,简直是"哥伦布发现新大陆",惊喜不已,六十多年过去,记忆犹新。

常州有文具店出售飞机模型材料时,我们买了弹射飞机模型的套件,买斜凿、木锉、砂纸、牛皮胶等工具,模型材料不贵,工具却不便宜。最幸运的是,新华书店恰好到了一本书——《弹射飞机模型》。从基本原理、制作工艺到调试技巧,这本书里讲得言简意赅,细致周到,让初学者一步到位,马到成功。模型做好后,我们相约到省常中操场试飞,那时省常中操场没有围墙,就是一大片草地,对飞机模型有很好的保护作用,不怕模型摔坏,也不怕它飞得找不到而丢失。由于我们各自在家中做过认真的调试,首飞就很完美,几十个橡皮圈交错连接成大约一米长的橡皮绳，一人高举橡皮绳的一端站在前，一人把弹射飞机模型上的弹射钩套在橡皮绳另一端的回形针上，捏住飞机模型的机尾，蹲在后面，一松手飞机模型就弹射了出去，飞机模型到达最高点后自动转成滑翔飞行，我们改变弹射的方向（与风向的夹角）和倾斜角，以求得最长的留空时间，也把作垂直尾翼的薄木片稍稍弄弯一点，想让飞机能盘旋而下，不致为拣飞机跑得太远。晴朗的夏天，万里无云，烈日当空，偌大的操场没有第三个人，没人旁观，也没有干扰，我们一次又一次地放飞，奔跑拣飞机，直到将近中午，意犹未尽，回到家中，才感到暴晒了半天的皮肤隐隐作痛。

　　初三时，我们的兴趣逐渐转移到电子技术上了，当时口语都称其为"无线电"。这还与我父亲的一段经历有关系：1937 年，我父亲在苏北东坎一家常州布店的分店做职员，凭着对新生的无线电技术的好奇心，且有机会出差上海时顺带购买零件，照着《广播周刊》的解说，竟成功地制成了一台电子管收音机，它工作起来需要两组电源，一组是 30 节一号电池串联起来的"乙电"，另一组"甲电"是两节直径大约 5 厘米、长度约 15 厘米的大号电池。所有这些东西装在一只木箱里，木箱一侧作为面板，上面三个旋钮分别调节灯丝电压、电台频率和再生强度。为使收音机能收到电台还必须架设室外天线，这台收音机正常工作

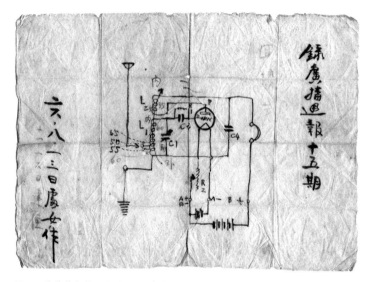

图 3 单管收音机图纸（1937 年）

时还只能供一个人戴着耳机听，制成这台单管收音机（俗
称"一灯机"）的当天，适逢淞沪会战爆发，中央电台每
晚普通节目结束以后播送"记录新闻"，我父亲记录下来，
随即刻好钢板蜡纸。第二天一早，两位志同道合的小伙伴，
便油印、散发，三个年轻人就这样凭着抗日的热情，办起
了免费的油印小报《抗敌情报》，每天出刊，在交通与电
信都还很不发达的苏北小镇，成了新鲜事，很受欢迎。这
件事发生在我们出生前，但是十多岁的小孩，听长辈讲自
己的经历，兴趣盎然，印象极深。我父亲还把当年制作收

音机时留下的图纸传给了我，也给瑞康看了，那是一张与教科书差不多大的发黄的拷贝纸，上面是用毛笔画了电路图（图3），我们看到这张图纸，如获至宝，神秘而又好奇。

师范生生活不愁，但自制收音机，经济能力绝无可能。我们在市图书馆办了借书证，找到一套好书《矿石收音机》和《单管收音机》。作者都是程权，每次借一本，借期两周。我们轮流借，反复看，填写借书证上"书号"一栏时，我们都不用抄写，烂熟于心，背出来就是。这套书实在是非常好，把理论与实践结合得极佳，无线电技术的基本理论分散在各个分册，每个分册讲透几个知识点，不重复，没疏漏，循序渐进，安排得恰到好处。如果能融会贯通学到《五管收音机》，对当时百货公司出售的收音机，就都能了然于胸，看到外表就能想到它的内部构造。这套书讲实践也很具体，每提到一种元件，总是作用、性能、分类、辨认、选购注意事项、面面俱到。天线的架设，焊接技巧，布线的统筹安排，调试经验都讲得细致周到，当初的无线电爱好者如果真能按部就班，照这套书的教导去做，一定会少走很多弯路的。爱屋及乌，有一次瑞康见到旧货摊上有二十本左右程权主编的杂志，也当机立断，统统买了下来。初三毕业时，我们俩就这样成了"知"而无"行"的无线电爱好者。

高考后与同学一起游玩八达岭

邓可蕴

　　1953 年夏天，高三毕业，刚刚考完大学还没发榜时，我们六个同学相约坐火车去八达岭玩儿。

　　那时候从北京城里去八达岭只能坐火车，而且路上要好几个小时。所以我们就坐夜车去，第二天下午回来。到青龙桥站下车时天还没亮，大家便在空无一人的候车室长椅上躺着休息。天刚发亮，我们的"头儿"就把大家喊出去，每个人都很认真地听着他的口令，做完了"劳卫操"。

　　一会儿天就亮了，这才看清了青龙桥站的站台旁边矗立着的詹天佑铜像。当时新中国建立不久，我们都想上大学学工科，好好建设国家，所以对詹天佑这位中国伟大的工程师非常敬佩。1872 年他十二岁考取了清政府的"幼童

图 1 在青龙桥站台旁边的詹天佑铜像前留影。

图2　1953年夏天某日清晨，我们在八达岭长城上，周围难见游人。

出洋预习班"，漂洋过海去美国留学。他只用了九年时间，就读完小学、中学、大学，在1881年以优异成绩从耶鲁大学铁道工程学专业毕业回国。詹天佑一生最大贡献是成功地修筑了京张铁路。这条路穿过八达岭，坡度大，山洞多，全长二百多公里，中国人自己当时还没有修过工程如此艰巨的铁路。1905年，他担任总工程师，创造性地运用"折返线"原理，又发明了自动挂钩法，只用了四年，于1909年就完工通车，不光工程比计划提前两年，而且费用只及外国承包商要价的五分之一。他的智慧、创造力和爱国主义精神，举世景仰。

图3　从烽火台向西北眺望。

天还很早,只有我们六个高中毕业生有说有笑地沿着长城往上爬。等了很久,终于等到有人上来了,这时才能(请他们给我们)照一张全体合影。六人中只有赵经文家里有照相机,那天幸亏他带了相机,才能留下几张照片。

20世纪50年代初,八达岭、居庸关已经开始得到认真的修葺。我们爬了几个烽火台,从烽火台上四面望去,虽然更远处能看见坍塌的烽火台和破损的城墙还没有得到修复,但是可以想象,在冷兵器时代,这蜿蜒逶迤于崇山峻岭、险要关隘的万里长城,真的不乏御敌于外的功能。

将近中午,我们从长城上往回走,下到山脚,大家兴

图4 山坡很陡，只能仰坐着照相。

致勃勃地又爬了八达岭的另一座没有长城的山。这山的坡度不小，而且没有路，石头缝里长出许多小酸枣树。我们几个人都爬得挺高兴，还在坡度大的陡坡上照了一张相。

当然，下山时，我们女生是在男生们的帮助下才到达山脚的。

下了山，沿一条小溪往青龙桥车站方向走，边走边戏水，水很清凉。我在水里又是洗手又是洗脚，备感爽快。同学中有人叫我注意别让新手表进水啦（这手表是三天前妈妈刚从东安市场亨德利给我买的），我说这表盖上有防水字样，怎么会进水，便不听他们的劝告。

图5 下山后，大家得歇一歇。

　　六十多年前，八达岭山上山下没有丝毫商贾的味道，以致只能吃自己带的面包充饥。回到火车站，才有一个小饭馆，我们每人吃了一碗面条。

　　吃完面，我们想拜祭詹天佑墓。詹天佑积劳成疾，病逝于1919年4月，葬在京张路青龙桥火车站附近。病中他曾登上长城，指着京张铁路浩叹："生命有长短，命运有沉升，我的梦想是在中国建设一个初步的铁路网，现在做不到了，梦想破灭，我真是抱恨终天！所幸我的生命能化成匍匐在华夏大地上的一根铁轨……"可惜詹天佑墓还没找到，回北京的火车就要进站了。

　　下午四点多，从青龙桥坐上火车，回到北京已经天黑。我们从西直门火车站走到新街口赵经文家取自行车，然后各自骑车回家。

　　六十二年前在八达岭玩了一整天，这鲜活的记忆至今难忘。

　　后来，由于我的无知，第二天就遭到了惩罚：那手表不走了！我只好自己偷偷地去亨德利，那位售货员老先生还认得我，说我："刚买几天呀就进水了，放这儿给你打开擦洗上油吧。"也没让我另交钱。

　　不久发榜了，我们六个人分别上了六所大学。直到现在，我们仍常常联系。

我的初中时光

胡启江

　　1953 年，贵州省贵定专署直管的贵定中学，面向全专区招收高一、初一各一个班，每班五十人。我们沿山镇小学毕业的十五名同学报考，结果考取了七名，我是其中之一。这在当年是一件很令人羡慕的事。

　　开学的前一天，我们七个同学各自挑着三四十斤重的行李，步行四十多里到学校报到。记得第一次上晚自习，我用手摸了一个 40 W 的灯泡，不知怎么搞的，把它弄炸了，受到班主任魏老师的批评。

　　我们全班五十名同学，除了来自贵定城关一小、二小和各乡镇的学生外，还有来自龙里、福泉、瓮安等县的同学，大的有十六七岁，小的有十三四岁。解放初期的学生年龄

图1 1955年"六一"儿童节,少先队员及辅导员全体合影。

都偏大,家庭经济特别困难的学生,可以申请人民助学金。
具体补助限额及标准:少数民族学生按25%、汉族学生按
18%评给,分甲、乙、丙、丁四等;甲等每月八元,乙等
每月七元,丙等每月六元,丁等每月五元。具体评审办法是:
本人申请(须有乡镇一级政府证明),班级评议,学校审批,
张榜公布。几上几下,也是很严格的,且每学期都要重评
一次。我因家庭经济困难,加之是军属(当年我姐是现役
军人),学习成绩好,故评得乙等。每月扣除六元伙食费外,
还剩一元零用钱。我们班有七八个同学评得助学金。

那时的贵定县城还没有自来水，学校又坐落在北门一高地上，伙房洗菜煮饭、开水供应及师生洗脸、洗脚用水取自校园内的两口水井。洗衣服则要去离校一公里左右的贵定河。冬天气温降到零摄氏度以下，洗一次衣服，手脚都冻红了。

学校中有学生会、班委会、青年团、少先队等组织。学生会由各班级代表选举产生、学校批准，设有正副主席及学习部、文体部、生活部等，由五至七名成员组成，大多由高中部同学担任。班委会设有班长、学习委员、文体委员、生活委员等，由全班同学民主选举产生，任期一学年，可以连选连任。三年中我都被选为学习委员，杨胜必也是连任三年班长。班委会是班主任的得力助手，对协助班主任管好全班同学有很大作用。

青年团设有支部和总支部，总支部下有几个支部，我们班十几名团员建了一个支部。总支和支部都设有书记、副书记、组织委员、宣教委员。少先队设有大队、中队、小队。学校设有大队部，有一个很像样的办公室，大队部由大队长及数名大队委员组成，下设三个中队，初中一、二、三年级各一个中队，中队下面又分几个小队，少先队在团总支和学校领导下开展活动。

团队组织是学生中最活跃也很有威信的组织，经常组

图2 1956年，毕业时，初三青年团支部全体团员合影。

织团员、队员开展各种文艺体育活动，当年我任少先队大队长，黄衍静是负责全校音乐、美术教研活动的中年老师，并任总辅导员。各中队又有一名团总支在高中支部中选派的优秀团员任辅导员。每隔两个星期的周末下午，我们都要组织全校少先队员开展文体活动，比如外出郊游、击鼓传花、诗歌朗诵等。图1就是1955年"六一"儿童节我们在贵定军分区营区河滩边的合影。时隔多年，照片中人的名字，我只记得四分之一左右了。

学校对学生的学业抓得很紧，学年考试，三科不及格

图3 几位男同学毕业时合影留念。后排左二为作者，左三为郎德立。

者劝其退学，两科不及格者补考（仍不及格者留级），一科不及格者随班附读。

　　每天早晨，校园里到处是同学们的琅琅读书声。课堂上，绝大多数同学聚精会神地听讲；晚自习，教室里灯光明亮，同学们伏案写作业或看书，任课老师随时在场辅导；课余时间，图书室、阅览室座无虚席，苏联小说《钢铁是怎样炼成的》等书，是同学们喜爱的课外读物。

　　那时的师生关系很融洽，课余时间，我们常到班主任或任课老师家拜访，图2是我们毕业时，初三支部全体团员的合影。图 3 是我们几个男同学离别时的合影，后排左起第二人是我，第三人是郎德立，他学习成绩很好……其他几位后来都升入大学，郎德立却因故与大学失之交臂，后来历经磨难才当了一名农村小学民办教师，二十几年后始得转正。

初中毕业后，我们班的同学大都升入了高中或中师。我因家庭经济困难，没有继续升学而是到贵阳参加了工作。一年后中专招生，我以调干生身份报考了贵阳城市建设工程学校。

难忘北航

鲍劲源

我 1954 年入大学——北京航空学院，读的是飞机系飞机制造工艺专业（代号：一系二专业）。那时航空学院除有飞机系外，还有发动机（三系）、仪表、无线电（二系）和军械（七系）等。

想当初，我本打算考清华建筑系的建筑学专业，因为该系喜欢收有绘画基础的学生，而我在中学的业余爱好恰巧是绘画。高二下，我们就不断到清华、北大拜访。记得有次在北大，校长马寅初先生上穿雪白衬衫，下穿吊着背带的笔挺西裤，开口就说："兄弟我，今天欢迎你们……"台下的我们报以热烈掌声。清华则对我们开放所有实验室、展览室、附属工厂，让我们看了个够。可事到临头，校领

图 1 北京航空学院主楼远眺，约摄于 1959 年。

导却动员我考航空学院，说论政治条件和学习成绩，你不考谁考。起初我不想去，直到给我下了最后通牒：请家长写不同意的书面意见来！回家一问，父亲说当今工业大发展，你应该服从国家需要，不能只想自己。我哑口无言，事情就这么定了。报名规定，第一志愿必须填航空学院，专业一栏空着不填；第二志愿方可填清华建筑系。那年头，考上大学是要登报的。张榜那天，我在《北京日报》上看到不少同学的名字，惟独没有我。午饭后，我忐忑不安地跑到学校。老师叫我静等通知，说航院是保密单位，不上报纸。有个同学告诉我，他在考场上看到监考者手里的资料，我的那张上盖着红"特"字（特种工业）。

毕业多年后，有同学说，因我的二志愿是建筑，才到1.2专业；若是物理学、天文学，就到1.1专业，即飞机设计；

图2 北航的阶梯教室

若是机械制造，就到三系，航空发动机设计或制造。

报到那天，一看，航院的校园真不错，教学大楼是全新的，比清华气派。为保密，校门口不挂牌，人员身上没校徽。红幅标语挂在楼里，上书："欢迎你，未来的红色航空工程师！"接着，我们去参观停机坪，这里有不少国内外退役战斗机、轰炸机，我是首次看到。老师补充说，不久，威震朝鲜战场的"米格15"也会来到这里，供我们学习参考。开学典礼，马文副院长讲话，我们才知道学校是由清华航空系，以及北京工业学院、天津北洋大学、南京中央大学、四川大学、厦门大学、云南大学等校的航空系组成的。

开始上课了，课堂进度快，难度高，习题多，与中学完全不同。后来算了笔账，我五年共学三十七门课（不包括课程设计、下厂实习和毕业设计）。其中力学就有八门，

图3 北航导弹陈列室里的"红旗某号"地空导弹。

图4 北航的发动机实验室

其中有的学两学期，而材料力学要学三学期。数学则学四学期。因为是住校制，大家都是"三点连一线"：教室——食堂——宿舍。航院学生有句口头禅："我们没有星期天，只有星期七。" 我家住北京城里新街口附近，一部公交车就到，可我一个月仅回家一次。

　　每学期最后一个月停课考试，校园里静悄悄的，其他活动几乎全停。一律口试，没有笔试之说。四至五天考一门，前几天安排学生复习，最后一天考试。凡讲过的一律都考。

　　考试那天，十五名学生一组，名单贴在门外。8时，前五人进入考场，只允许带笔和计算尺，还有记分册。考

图5 1956年末，作者的同学李毓芬（后为作者夫人）在北航的米格-15前留影。

题抽签决定，三道题。准备时间一般是三十分钟，顶多五十分钟，老师就等不得了，催着答题。谁准备好谁先答题，逐个数字、词语解释清楚，直到老师满意为止。成绩采用五分制。优秀记五分，良好四分，及格三分。二分不及格，开学后要补考。

　　假如老师对学生的回答不够满意，就会追问下去，或要求再加抽一道题。因此，有人早晨进去到中午还没出来，上午进去到黄昏还没出来。也有个别学生在里面泡上一天。

图 6 1957 年春,作者(站立者右一)与同舍室友的合影。

图7 1959年夏，作者（后排左二）的毕业纪念照。

成绩当场写在记分册上，喜笑颜开的有之，哭天抹泪的也
不乏其人。

一个月的考试，废寝忘食开夜车，感觉像被剥了一层
皮，人人瘦下一圈。校领导看在眼里，会采取些措施：对
成绩后进的学生开"小灶"，多些辅导；考试那天，为学
生加餐——红烧肉或大排，间或还有新鲜的特大对虾；两
门考过之后，放一天假。

在我的记忆中，有两次口试终生难忘。

一次是一年级第一学期，考"画法几何"（"机械制图"

的原理部分）。三道题全部顺利答出。由于神态可能过于自信，老师朝我瞥了一眼，拿纸在上面写了道题，让我面壁去思考。十分钟后，我回答说，课堂上没教过（此位老师不教我们），我不会。他说："哦，没教过，就可以不会？还理直气壮！我问你，上大学比原来上中学有什么不同？回去好好想想！"记分册上给了个四分。出考场时我满肚子委屈，可经过一年多的思考，我才悟出道理：不能满足于已学的东西，还要领略创建这些知识的方法。在某种意义上，方法可能比知识本身更重要。

另一次是三年级第一学期，考"材料力学"。顺利答辩完毕，老师满面笑容地站起来，说："小鲍同学，材力这门课算是结束了，谢谢你三个学期来对我的支持。今后虽然不在课堂上见，但还是生活在一起。预祝你学业有大进步。"我没有任何思想准备，语无伦次地回答："谢谢老师，谢谢。您太客气了，不敢当，不敢当！"接着，他送我到考场外，再次握手告别。

大二上，冬天，考高等数学。抽中的三道题里，有一题是"根据某定理的一个推论解一个数学式"。这个推论我没仔细复习，足足"泡"了两小时，那数学式也解不出。一位女老师拿着我的记分册看了又看，问："你是不是三好学生？你以前的成绩差不多都是满分啊！"我低着头小声嘟囔着："我大意了，这个内容我没复习到。"她遗憾地摇摇头，让我再抽一道题。做完后勉强给了个三分。我涨红着脸，连连向她致意。同学们围了上来，都说："好险！好险！老师要是心狠点就不及格了。"

恰同学少年

杨民青

　　2010 年岁末，我意外接到一位三十多年未谋面同学的电话，不禁回忆起小学和中学生活，翻出早已变黄的照片，流泪信手写下如下感受——"少年曾同窗，音容尚能详。倏忽从天降，两鬓已成霜……"

未竟的师生分别

　　解放前一年，我出生在北国冰城哈尔滨，就读于太平区第一小学。日伪时期，这里曾是"思想矫正院"，一座关押"经济犯""政治犯""反抗分子"的集中营，它隶属日本人统治下的哈尔滨市伪警察厅。老人说，"满洲国"

图 1　摄于 1954 年

时期，中国老百姓吃大米就是"经济犯"，对日伪稍有不
满言行就是"政治犯"。

　　"思想矫正院"四周有围墙、铁丝网，监舍窗户低矮，
一大间约上百平方米，两大间一栋，中间小房住看守人员。
被关押人吃的是橡子面、发霉的苞米面、糠麸，随时有遭
受酷刑和被杀戮的危险。解放后，"思想矫正院"改成学校，
但是，人们仍习惯称其为"矫正院"。图 1 是当教师的婶
婶迟春兰带着六岁的我，与她所带班级部分学生的合影。
我于 1956 年八周岁上小学，图 2 是五年级时，我班部分同

学与班主任杨惠芬（二排居中者）的合影。后排左三为作者。

　　说起图2，还有些来历。当时号召城市支援农村，需要抽调部分教师，杨惠芬老师被选中了。分别前，我们纷纷送给她小礼物，我送的是小影集，可笑的是，我竟不知深浅地写道："祝杨老师在农村百炼成钢。"后因种种原因，杨老师没有走成。于是，这张照片便成了未竟的"师生分别合影"。

　　我上中学后，曾见到过杨老师。她的家庭生活不幸，大儿子从小患佝偻症，成了残疾人。听同学说，杨老师至今健在，想来快有八十岁了。

　　20世纪50年代末，国家体委大力提倡少年棋类运动，除中国象棋外，还广泛开展围棋和国际象棋运动。我家住在太平区通河街市场的清真寺隔壁，那里经常有人摆摊下棋，从天亮下到天黑。即使昏黄的路灯下，仍有对弈和围观者。

　　我们学校一位名叫杜德今的老师，选中我和芦学智学下棋。开始学中国象棋，后让我改学国际象棋。1961年春天，学校通知我和芦学智、曲吉元参加全市少年棋艺比赛。他俩下中国象棋，我下国际象棋。一路下来，我竟进入了决赛。

　　争冠对手是位苏联侨民的后代，我一直没有忘记他的名字——维嘉。国际象棋在哈尔滨的侨民中很普及，许多苏联小孩会下国际象棋，维嘉是其中的佼佼者。

　　在与维嘉的决赛中，我屡试不爽的弃子陷阱，被他

师生分别合影留念 60.12.2

图2 摄于 1960 年

——识破。进入残局,我和他各剩一子。此时,观战者中有人多次发出"嘘"声,后来我才知道,当时我有多次机会将对方将死,但结果是维嘉成了冠军。

入省队学下围棋

由于这次比赛,黑龙江省棋队决定将我和芦学智、曲吉元借调到省棋队。棋队只有一两名文化课教员,一周上一次课,我们等于是中断了学业。

当时,所有的省运动队,对外都称"哈尔滨体育学院运动系"。我从小学五年级直接进入了"大学"。我们的到来，一时成了热门话题，那时除体操、技巧、乒乓球队有少数十五六岁的少年选手外，还没有我们这样小的选手。每当我们穿着小号运动服，出现在食堂和操场上时，经常会有人指指点点，拉着我们问长问短。有人对我们说，棋类不属于体育运动，应该属于艺术。

正值"三年困难时期"，而我们这些运动员每月的伙食费高达45元，每顿至少六个菜，主食随便吃，饭后一个水果。我们之前，省棋队只有一名围棋运动员，名叫黄成俊，他来自沈阳，后来成了我的老师。在省队期间，我曾参加过少年组和成年组比赛。在少年组比赛中，我轻松获得冠军。但在成年组比赛中，仅进入第二轮。

我获得少年组冠军那天，市体委一位名叫赵相的领导，点名与我对弈。内行知道，从拿子姿势中，就可判断他是否会下棋。那天与赵相对弈，从他抓子落子的瞬间，我知道他水平有限。不过，那盘棋我没好意思赢太多。

结束时，赵相摇摇头说："你赢得不多啊，还得努力，要超过你老师！"可是，领导的勉励和期望，我始终没有达到，在省队一年，我与黄老师的水平仍有很大差距。

在省棋队期间，我们经常参加一些社会活动。一个周末，省财政厅的一位厅长，要黄成俊老师和我到他家下棋。

那天，厅长派小轿车来接我们，这是我第一次坐小轿车。厅长家住在南岗中山路附近，第一次落座软软的沙发，我吓了一跳，担心将人家的东西弄坏了，生怕发出响声，一动也不敢动，连送上的水果也没吃。

初中考试落人后

1962年夏，我们被告之借调结束，回校继续读书。下棋与艺术一样，入门不难，但想登堂入室、修成正果，不仅需要努力，更需要天赋。然而，无论努力还是天赋，我们都有很大差距。就这样，当年秋天，我们回到太平区第一小学读六年级。

翌年，我报考了刚被列入区重点的十二中学。

1963年8月，我接到十二中的录取通知书。当时，十二中的录取线为两科平均90分以上，我们班只有我和郭克然两人考中。后来知道，我初考的成绩并不优秀，甚至落在许多同学后面。那时，班级学生的学号按成绩由高到低排列，女生在前，男生在后。排在我们班1号的关丽华（图3，二排左四）和2号沈凤兰（图3，二排左一），一个语文100、算术99，一个算术100、语文99。这是让许多人羡慕的高分。我们是1963届初一一班，许多人在小学当过

图 3 摄于 1964 年

干部，仅大队长、副大队长就有一二十人，可以说，全班都是优等生、尖子生。

开学后选班干部，老师说，这次上级有新精神，以前在小学担任过大队长、副大队长的一律不选。老师问我在小学担任什么职务，我说当过大队委员，老师说在我们这个班，大队委员不算干部。就这样，我担任了班长，后来又当了数学课代表。其实我更喜爱语文，可惜老师选中另一位同学当了语文课代表。

一次，我在教研室无意看到了全班初考成绩册，排在

3号的，好像是杨丽芙（图3，一排左一）或者是张春繁（图3，四排右二）。我想知道自己的成绩，却没有查到。我的学号是31，推算起来，平均分至多在95分左右。小学时我总排名第一，这个成绩让我心里很不是滋味。

得以欣慰的是，中学第一学期，班主任、政治教师葛永成（图3，一排居中者）让我写入团申请书。葛老师当时参加工作不久，积极上进，在青年教师中比较突出。

初一年级没有团支部，校团委赵作玉老师指派高一一班两位团员做我的入团介绍人，一位叫邵桂芬，一位叫赵淑芬。入团后，我经常参加高一一班的活动，与他们班许多人认识。

我家的一位邻居徐东海也在高一一班。后来，徐东海跟我学会下围棋，他的兴趣和天赋不在我之下。后来我下乡插队、参军，不再下棋，他一直坚持，成了哈尔滨的知名选手，曾参加全国比赛，取得过优异成绩。他还教出许多学生，活跃在国内外棋坛。

初一学年陆续有人入团，单独成立了支部，我曾担任团支部书记，直到1965年夏天，我的家人迁往兰州，我一人留在哈尔滨，不得已转到住宿学校，离开了十二中。我与同学们的关系良好，后来一位同学对我说，总觉得你没转学，还在我们班。

我的同学刘锡田

钮重阳

　　锡田离我们西去，已有十年了。生前，他曾任中国铁路文工团话剧团团长，是中国戏剧家协会和电影家协会会员，曾在银幕上塑造过陈毅元帅。1955 年暑假，我们同时考入北京市第三十一中学，又同分在高一二班，直至 1958 年 7 月毕业。锡田长我两岁。他明事理知努力，喜爱戏剧表演，说起话来诙谐有趣，在同学里有很好的人缘。

　　开学后不久，北京举办了"印度电影周"，上映了《流浪者》等影片。吸引锡田眼球的，是该片男主角拉兹的扮演者——拉兹·卡普尔。记得在一次全校大会上，校长批评一位同学在一周里看了七遍《流浪者》，锡田突然捅了我一下。会后我问他，校长讲的是不是你？他非常肯定地说：

图1 香山卧佛寺前合影。摄于1956年4月。

"不是，绝对不是——我看了八遍！"

也就在这时，锡田成了学校话剧团的成员。"报考"那天，他拉着我去壮胆。考场上，同学们各显其能。轮到他时，他模仿了《流浪者》中"强盗头目"的一段自白，把这个人物的险恶和对社会不公的愤恨，表现得淋漓尽致。

1956年4月，我们有三天春假，班委会组织我们去香山游玩。拍照时，大家都很随意，唯有锡田把自己的头发理了又理，围巾和上衣整了又整。

有一次三角考试，锡田得了一个二分。他仔细看了一

图 2 颐和园门前。摄于 1956 年 4 月。

遍标准答案，觉得自己是可以及格的，便拦住老师"理论"
起来。老师打了一个圆场，说："你这个二分是二分里最
好的。"没想到锡田紧接了一句："求您给我三分里最次
的吧。"说得老师和大家都乐了。

　　我们上中学时，是男女分校。但很多邻近的男中女
中，都建立了校际、班际的联系。我们这个班，也和北京
女一中高一二班建立了"友谊班"。两个班的同学，除每
年"五一""十一"必在天安门广场一起参加庆祝晚会外，
还多次举办过联欢、游园活动，排练过舞蹈《鄂尔多斯》

和话剧等节目。有一出反映中学生生活的话剧被锡田看中，组织两个班的同学排练，导演自然是他。他在剧中出演了一名大学生，为此还借了一件西装上衣"包装"自己。为培养我对"表演"的兴趣，他不顾我的推辞，硬把剧中的男主角，派给我来扮演，还放出班里除了我"再也找不出别人"的话。

锡田拉着我排练过两段相声《夜行记》和《我的历史》，分别在和女一中同学的两次联欢会上演出。演出《夜行记》那次，女一中的同学演唱的女声小合唱《我的花儿》，真是高水平。她们还表演了舞蹈《七巧板》。

不知为什么，锡田没有报考大学。他甚至没有和大家告别，便匆匆去了北京大兴县，当了一名农村小学教师。20世纪60年代初，当年的同学多从大学毕业，陆续走上了工作岗位，我亦被分配到北京市第二十五中学任教。这时，我已听到锡田离开农村当了演员的传闻，直到我在《光明日报》上看到铁路文工团排演话剧《杜十娘》，男主角李甲由锡田扮演的报道时，才得到证实。锡田最终做了自己所喜爱的事，我为他感到高兴。

20世纪90年代，我们之间的联系较多。我们同回母校参加了建校八十五华诞的庆典。之后，锡田在出访美国期间遭遇车祸，多处骨折。我打电话问候，他说："我这

图3 作者和刘锡田

次是大难不死。"

　　锡田痊愈后,应邀参加了我校学生艺术节活动。在开幕式上,他用川音朗诵了陈毅的诗作《梅岭三章》。会后,他和学生中的"粉丝"见了面,介绍了自己在学生时期对戏剧表演只是觉得好玩儿,在不断求知求索中,对表演逐渐有了热爱,最后把它当成自己事业来对待的经历。勉励"粉丝"们提高文化素养,努力进步。

　　不久,锡田乔迁新居,他多次向我和其他同学表示在新寓所相聚的愿望。可惜的是,却传来了锡田不幸离世的噩耗。

往日同学常相忆

徐义亨

　　一个暮春傍晚，我又一次来到苏州，独自徘徊在那条古老的齐门外大街，街上依稀有些行人和擦肩而过的自行车。眼望着两边古老的江南建筑，不禁想起了两年前也在这里，我借电话跟阔别了数十年之久的钱蒙蒙同学接上了联系，因忙于公务，时间仓促，未曾会面。但电话里相约，下次再去苏州时，一定登门拜访，长叙一下各自的别后往事。然而前不久在北京从她堂弟处得知，因患脑肿瘤她病逝在手术台上。我的心绪难以平静，一个 20 世纪 50 年代文静秀美的女中学生的身影又浮现在眼前……

　　最初认识钱蒙蒙是因为她和我姐姐同在省女中（松江二中的前身）求学，虽不同级，可因为是同乡，故常来我家，

图1 1957年，中学毕业的钱蒙蒙。

是我姐姐少年时代的挚友。她的堂弟曾是我初中时代的同学。没想到，后来在读高中时我和她在松江一中竟成了同班同学。当年班上女同学都爱称她为蒙蒙；因姓钱，倾慕她但又不便直呼其名的那些调皮的男孩子在背后给她取个绰号"Dollars"。记得1957年毕业时，她曾赠我一首《醉花阴》：

> 忆及少小欢乐事，不禁笑颜开。日丽并风和，尔姐与侬，嬉戏忘弟在。
>
> 相处三载故相识，别有友情在，佳节又端阳，别离在即，愿君自珍爱。

词中的"尔姐与侬，嬉戏忘弟在"讲的就是少年时代她和我姐姐嬉乐相处而忘记还有一个我这样弟弟的趣事。当年我在班上，年龄最小又贪玩，所以词中也有期望之意，直至1980年她在给我的信上还这样问道："你的两个孩子长得像你这个调皮鬼呢还是像母亲？"

在我还未和她同学时，就已从我姐姐那里得知她酷爱文学，喜看小说，其语文素养决非一般同学所及。后来，我看她有一本精美的记事本，常用来抄录从名著上摘录下来的精彩段落，可见她对文学的热爱和执着。凡她写的作文篇篇都被老师批为优。读高三时，语文老师汪孝文先生要大家自由命题写篇作文，这在当时无疑是一种大胆的教学行为，对文学气氛颇为浓厚的我们这个班级，却成了一次百花争妍的活动。有的写新社会的风貌，有的写游记杂笔，有人写古文长诗，居然也有人写起了朦胧的感情故事。最后，汪先生在讲评时，被誉为最优秀的还是她那篇《雨中记事》。我大概还记得这篇作文的大意，它是用第一人称来叙述的，讲的是在一个初夏的下午课外活动时间，突然下起暴雨，"我"倚窗站在教室里悠闲地观赏雨景，突然看见一个身体瘦小的同学冒着大雨和雷声往教学楼前的花坛跑去，将被大风吹倒的花卉一一扶植起来。使"我"在感到十分钦佩的同时，也对自己只知观赏而无视公物的损伤而感到十分愧疚……作文描述的是件小事，但颂扬的是爱护公物的校风，独到的是心理描述细腻动人，很有文采。记得我当时写了篇不成文的游记"游杭杂笔"，但也得到了汪先生的鼓励："游记之所以有长期保存的价值，看了你的文章后更使我相信这一点。——这是过奖，也是勉励。"后来我们将这些自由命题的作文在学校里举办了一次"作文选辑展览"，反响极好。时过近五十年了，历尽坎坷，现已八十五高龄的汪孝文先生依然还记得他的女弟子。就在今年二月，他老人家在给我的信上是这样深情地写道："钱蒙蒙同学是我欣赏的学子精英中的翘楚。可惜蒙蒙英年早逝，不胜悲痛。"当年的少年学子，最终走上文坛的徐士捷同学，这位曾任《安徽文艺》的高级编辑、又以一幅《忽如一夜春风来》获得全国新闻漫画银奖的才子，在去年中学母校的百年校庆聚会时，也感叹地说："要是改革开放后钱蒙蒙还一直健在的话，无疑能成为一名女作家。"

20世纪50年代的中学生活，除了紧张而又有节奏的学习，我们常会自行举办一些诸如读书和影评的课外活动，犹如现在的文学沙龙。记得一次不知是哪位同学从《萌芽》上看到了陆文夫的成名作《小巷深处》，大家竞相传阅。那是讲述一位解放前因生活逼迫而沦为妓女的女孩在解放后重新生活，并和一位年轻的技术员产生情感波折的故事。作品让我们这批涉事不深的中学生感受到作者笔尖里的针芒和对世俗观念的抗争。钱蒙蒙作为主讲，组织讨论了这篇小说的现实意义和写作特色。记得那是一个冬暖的阳光日子，大家搬起凳子坐在教室外的走廊上，参加漫谈的人都是班上的文学爱好者，气氛很热烈。

文艺表演是蒙蒙的另一擅长。一次在朗诵伊索寓言《狼和小羊》时，她扮演"小羊"。她那清晰娇嫩的声音，令人难以忘却。她表演过独舞《放风筝》，并领舞《荷花舞》等，她的舞姿，曾吸引过多少人欣赏的目光。我们也同台演过

图2 《幕后戏》全体演员。后排中立者为钱蒙蒙，前排左一为笔者。

小品剧《幕后戏》，还都得到学校"优秀演员奖"的美誉。去年,华强校友在母校的《校友》刊物上这样追忆她:她文静、清秀,是学校的文娱骨干之一,是我心中喜欢的女同学之一,在她高三快毕业的那年春天,校学生会让她将鄂尔多斯舞中的领舞教授给我,她耐心地一个动作一个姿势,连一个眼神都仔细地讲解给我这个小妹妹。她毕业离校时,我心中感到一种莫名的失落。钱蒙蒙虽然和我没有深交,但几十年来,她那清秀的形象一直留在我心中。

人们总爱将学生时代比喻为人生的美季。其实也并非每个人的整个学生生涯都那么美好。小学年代虽无忧无虑，但过于天真幼稚。而我们当年所处的大学年代，特殊的时代环境常使人和人之间相处得十分谨慎，故同学师生间的感情也都退却到最后的底线。唯有在中学期间才是真正的金色年华，也正是在这样的人生阶段中所相处的同学和建立起来的情谊，才是那样的纯朴清醇，故常常勾起我的回忆。

蒙蒙的父母早亡，从小是依靠叔婶的抚养才上完中学的。毕业后，她在江苏师范学院培训了一段时间就到苏北盐城的一家中学任语文老师。论她的文学涵养，我们当初都深信她足以胜任。但不久得知，由于没有正规的大学毕业文凭，她被下放到小学去了。以后又得知因身体原因调回苏州某文化馆工作，和她叔婶生活在一起。

我和她最后一次见面是 1964 年春节，同在我们的故乡上海张堰，那时我刚参加工作不久，而她已为人妻，初为人母。我曾问起她对文学是否还是那样钟情，也许是生活的磨难，她只是无奈地叹息，似乎也失去了昔日的自信。我深为她在中学里就显示出来的文学才华在以后的日子里未予以充分展开而感到惋惜。之后，偶有通信联系，但再也没有见过面。她念和我们姐弟之交，只要回到故乡，总不忘去看望我当年还健在的老母。

数十年过去了，一位平凡的女性，一位和我"相处三载故相识"的往日同窗，已远行不归，却抹不去对往事的回首，凝思良久，写下这一些，借以寄托一点追思，这对她也许是最好的纪念了。

中学生活片断

梁尚之

1952 年至 1955 年，我在原籍河北获鹿（今鹿泉市）中学读初中。

解放前的获鹿县只有初级师范，没有中学。获鹿中学成立于 1951 年，暑期开始招收初中生。在此之前，本地小学都是寒假招生。我们是读完小学六年级上半学期、高小没有毕业就考入初中的。

抗战胜利后内战开始，家乡一带政权更迭，时局动荡，各级学校不能正常开学上课，很多青少年的学业被耽搁。就像火车误点，无论早来还是晚到的旅客，都想挤进迟到的列车——解放初期的学校，就出现了本应在日伪或国统时期入学的青年与适龄学童"三代同堂"的现象。

图1 1957年，作者（中）与姐姐、哥哥合影。

我出生于一个贫寒的农村家庭。父亲小学三年级考入高小，但因祖父早逝、家道中落不能入学，十二岁外出学徒，在异地颠沛流离了十几年，深受失学之苦。解放后我家分了土地，父亲说，只要你们能考上学校，家里砸锅卖铁也要供。就这样，1951年我和哥哥、姐姐入本村高小同班读书，1952年又同时考入初中：我和哥哥入获鹿中学，姐姐入石家庄市女中。图1为作者（中）与兄、姊的合影，时间是1957年9月。

解放初期，一个刚刚翻身的农民家庭同时供三个孩子上中学，其困难，不亚于如今供三个大学生。所幸的是，当时政府号召生产节约，发家致富，我家在农业生产之余，办了个小型的馒头作坊，虽然十分辛苦，但既改善了家庭生活，也解决了我们上学的费用。1953年，过渡时期总路线公布，粮食成为国家统购统销物资，馒头作坊关闭，我们的上学费用便成了问题。这时的农民，虽然加入了互助组、初级农业生产合作社，但对土地还有所有权和经营权。父亲在尚有种植权的土地上播种棉花、花生、香瓜等经济作物，出售后补缴欠学校的费用。哥哥是学生会的生活委员，总务处默许我们的伙食费可以拖些时日。所以，每年暑假之前或秋收，哥哥总要请几天假，帮家里卖瓜或收庄稼。有一次，哥哥卖完瓜到学校缴欠费，正赶上学校招生，他就协助老师监考。几个考生看到后窃窃私语："这个卖甜瓜的小子，怎么一下子变成了监考的老师！"因为深知家中的钱来之不易，那时我虽然年少体弱，不能多帮助父母，但我从不乱花一分钱。举个例子：我班同学王治安家境富裕，经常买零食。一次他在校外遇到卖烧饼的小贩，向我借钱。我借给他1000元（相当现在的1角），他买了两个，自己吃一个，送我一个。我一看就后悔了，早知如此，应该只借给他500元，那他就只能给自己买一个，不会给我买了。后来又一次上街，他又买了两个烧饼，一个送我，算是还了债。这是我初中时唯一一次花冤枉钱，虽然不是有意的，但在后来相当一段时间内，我一想起这事儿就后悔不迭。

有一年寒假，我回乡参加宣传义务兵役制，编写、演出了几个文艺节目，回校后寄给有关刊物，受到编辑的鼓励。此后，我订阅了《文艺学习》《少年文艺》《说说唱唱》等刊物，开始业余写作并不断受到鼓励，还收到一些寄赠的书刊，语文知识和作文水平大有提高。初三时，师范学校的学生并入我校编为师范班，他们的语文老师解文甫担任我班的作文老师，我的作文在大龄的师范同学中受到表扬。吃饭时，他们对我指指点点，弄得我莫名其妙。后来，和我同村的师范同学道出其中的缘故。几天后，师范班的段逢春来找我，说要联系几个志同道合的文学爱好者，组

图2　作者（前排左二）与学习小组成员在一起。

织个文艺学习小组，利用课余时间学习、讨论文学作品，提高作文水平。段在报刊上发表过文章，在学校也算是小有名气。学习小组得到语文教研组老师的支持，把一个读报栏腾出来，供我们编辑刊物、发表文章。初三最后一学期，范增杰调任获中校长。新校长支持小组的活动，但取消了我们独办的壁报，却又要求我们为学生会主办的墙报写稿，把同学的自发组织，纳入到学校的领导之下。图2为学习小组成员的合影，前排左起为霍崇治、作者、段逢春、王治安。

清华附小的冰球队

陶中源

　　拿着这几张有些褪色的黑白照片，一群快乐的少年跃然眼前，一张张掩饰不住内心喜悦的笑脸，记录了一件有趣的往事。那是 1958 年，我十二岁。

　　当年的清华大学冰球队，是华北地区冠军。大学队的冰球教练李文俊和附小的关培超老师在清华附小成立了少年冰球队。两位教练用对专业队的要求，严格训练、精心调教我们，很快，我们这群顽童就成了冰球场上一支骁勇的队伍。海淀区体委给我们配置了全套护具，北京市少体校的教练也常常来指导我们，我们这些清华子弟兵更是越练越有劲，越打越认真。我们每天的训练，总能引来许多观众，成了清华园的一景。到 1958 年，我们已是成立三年

图1 小队员们在进行冰上训练。

的老球队了，在北京小有名气。

有一天，关老师告诉我们，八大学院的苏联留学生冰球联队，星期天要和我们比赛，我们都很兴奋。我们还没有真正和成人队比赛过，更别说外国队了，而且八大学院联队的水平不低，这对我们绝对是一个挑战。两位教练专门给我们开了分析会，还做了战术配合练习。

星期天，我们早早地在冰球场集合，开始赛前准备。9点钟左右，先来了一支苏联女大学生组成的拉拉队，她们扛着几捆冰球杆，穿着五颜六色的冬装，一个个金发碧眼，人高马大，浩浩荡荡，往那儿一站，像一排五彩的屏风，在北京灰色的冬天，特别扎眼。

10点，比赛正式开始，入场式就引起了一片笑声，两支队伍对比悬殊，留学生联队个个高大、英俊，漂亮鲜艳的运动服在阳光下格外耀眼，胸口最明亮的颜色正好对着我们的眼睛，晃得我们眼都睁不开，梳理整齐的浅色头发在阳光下闪光，白里透红的脸上挂着灿烂的笑；我们比他们几乎矮了一半，身高刚刚超过他们的腰，我们身穿紫红色底子、白色号码的运动衣，穿着比自己脚大的冰刀，举着锯短的冰球杆，昂着小脑袋，红红的小脸上是倔强的笑。我们拉着对方的手，举着冰球杆滑进场，笑声、掌声一片。

我队上场的有赵霞、施壮飞、吴持敏、田俊启、万士昌、李午阳、周力、胡强、黄自成，还有我，教练是李先生和关老师。

开始比赛，留学生联队并没有把我们放在眼里，守门员连护胸都不穿，只穿了护腿就上场了，他们说说笑笑，有一个队员还哼着歌；我们可是认真有加，按照教练的意图，第一拨上场的五个队员像五只小兔子，"嗖"一下，迅速到位。开局争球，我们没有优势，联队仗着人高马大，上来就控制了球，可是田俊启从他们胳肢窝下穿过去，一下就把球断下，然后把球传给斜插上来的吴持敏，造成二打一的局面，

图2 战胜苏联留学生冰球联队后的合影。

使对方陷于被动,球很快逼近对方的球门,吴持敏大力挥杆,
联队守门员还没有反应过来,球已进了他们的球门。进球
瞬间,联队所有队员都愣住了,场上出现了近乎一分钟的
静默,他们没有想到,那么快我们就得了第一分,可是这
并没有引起他们的重视。我们可是信心倍增,在两位教练
的巧妙指挥下,穿梭往来,交叉换位,留球回传,配合默契,
我们五个一拨,轮流上场,像五盏旋转的走马灯,越打越猛,
连连进球。有好几次,联队组织进攻,他们绕到门后,下
底传中,门前接应,发力攻门,我们的守门员施壮飞眼疾

手快，把一个个险球用球杆铲出去，用胳膊将飞来的高球挡出门外，守住了我们的球门。这次比赛以后，施壮飞得到了一个称号——钢门。联队队员攻门攻不进，防又防不住，越打越紧张，五人轮换时，他们个个汗流满面，阴沉着脸，嘴里还叽里咕噜的。第一局还没有结束，联队守门员就把护胸穿带好了，唱歌的也不唱了，脸上没有了笑样。我们越打情绪越高涨，第一局我们就进了三个球，他们一球未进。场边的叫好声此起彼伏，就是没有听到他们漂亮的拉拉队的声音。第二局，第三局，我们越战越勇，配合得更好了，在球场上快乐迅速地旋转着。球场上空，飞扬着响亮的俄语和稚气的童声，球场上不时发出双方冰球杆碰撞的"喀喀"声，冰刀在阳光下闪着银光，急停时铲出的冰花四溅，双方都积极地打着配合。可能是因为我们太矮小，联队难对我们的动向做出判断，所以比赛始终被我们牵着走，到第三局，我们已经11比0领先了，再看看他们，一个个脸都绿了，头发也因为出汗而粘在脑门上，更有一个联队队员急得大冬天把厚球衣都脱了，穿着单薄的海军衫上场。我们几个商量了一下，决定让他们一个球。他们终于进了一个球，如释重负。比赛以12比1结束，我们大获全胜。我们十几个孩子禁不住围着教练又叫又笑。

比赛结束我们才发现，赛场边上，里三层、外三层的

图3 昔日的小队员，几十年后又重聚。

观众，议论纷纷，笑声阵阵。他们在为我们这些孩子加油助威，在谈论这场实力悬殊的比赛。拉拉队的苏联姑娘们，后来也在为我们加油了。

联队队员到底是大人，虽然输了球，仍然很有风度，他们摸着我们的头，拉着我们的手，直夸我们："马拉才！"（俄语：好样的）拉拉队的苏联姑娘一个劲儿地亲我们，臊得我们脸都红了，真不好意思。

这场球赛，当时轰动了清华园周围的大中小学校，我们自己也津津乐道了好久。图2是在那次比赛以后不久拍的，胜利的笑容还挂在我们的脸上！

后来，清华附小少年队中，我和赵霞、何解放进入了北京冰球队，参加过几次全国比赛。

几十年过去了，当年的小队员都已六十岁了，虽然天南海北难得碰头，冰球运动仍然是我们大家的挚爱。

同班同学

刘大作

我1963年高中毕业，母校是开封一高（现名开封高中）。这是一所历史悠久的省重点学校，教学质量很高，当时的升学率每年都保持在百分之七八十，颇有名气。

我们班共三十一人（不像现在的重点高中，每班要挤六十多人），考上大学的，我记得是二十三人，其中七人考上了北京的大学。

到了北京以后，9月的一个星期天，我们七人相约来到天安门广场，留下了这张合影（图1）。

最左边的是秦爱忠，她考入了北京石油学院（现中国石油大学）。她在高中时是我们班的生活委员，待人热情，心灵手巧，仔细看她穿的布凉鞋，鞋面上开了几个天窗，

图 1 天安门前的合影。摄于 1963 年。

那是她自己做的，现在的人恐怕要嫌这种鞋土得掉渣，但当年却是绝对的时髦。

她毕业后分到了胜利油田，一直干了二十多年，后来和她的先生一起调到了北京中石化总公司，现住在北京。

左二是陈国英，她考进了北师大数学系。她的父亲是当时开封市、以至河南省的著名书法家，现在她的弟弟承继父业，成了书法名人。

陈国英比我们年龄大一些，处事稳重，像个大姐一样。她大学毕业后经历了一段坎坷的生活。被分配到河南省以

后，先到部队农场劳动锻炼。二十四五的大学生不准谈恋爱，
她在同学们的"掩护"下和我们高中同校不同班、毕业于
北航、同在农场劳动的一个同学相识相恋。锻炼结束后，
两口子又被安排到农村插队落户，过着和社员一样的日子，
还得过一场大病。最后总算苦尽甘来，20世纪70年代末，
这对从名牌大学毕业的夫妇被有关部门想起，分配到洛阳
工学院（现河南科技大学）任教，现在都已是教授了。

左三陈石，考入北京工业学院（现北京理工大学）。
他话语不多，勤于思考，爱看古文。我记得他那时经常背
诵《朱子治家格言》之类的书，什么"一粥一饭，当思来
之不易；半丝半缕，恒念物力维艰"等，最早我就是从他
的背诵中知道的。

后来我和陈石失去了联系，听说他在省内某市一所学
校或科研单位工作，我祝他健康幸福。

右一何传兴，考入北航（当时叫北京航空学院）。当
时北航归国防科委领导，对家庭出身要求较严，教学区有
军人站岗。何传兴念的可能是北航内保密程度更高的一个
系，是一栋单独的教学楼。他的性格很活泼，毕业后曾在
湖北的一个部队农场劳动，后来也失去了联系。不久前才
听说他可能在宜昌中国航天集团所属的一个研究单位工作。

右二王良臣，也考入了北航，当时叫四系（材料系）。

我俩在高中同桌，他学习很刻苦，善钻研。我数学上碰到难题，想不起来就问他，有一次他给我提意见，说："你学习上的钻劲太差。"对我颇有震动。王良臣家庭生活比较困难，父亲在我们上高中时去世，母亲只有他一个孩子，靠在缝纫店里缝纽扣的微薄收入度日，我们一些同学经常去探望他的母亲。王良臣毕业后分到了中科院半导体所，成为国家最高科研机构的一名科研人员。几年前我去过他家一次，他的母亲王大娘还健在，气色比当年还好，可见他是一个孝子。

　　右三赵明因，考入了北京地质学院（现中国地质大学）。他是一个干部子弟，他的父亲时任开封师范学院（现河南大学）院长，后调到中共中央高级党校工作，是一位著名的历史学家和哲学家。据说他的名字就和他父亲研究的一个哲学学派有关。赵明因生性活泼，性格开朗，我们是好朋友。他很爱看书，我第一次读《红楼梦》就是他极力推荐的，他说："我看完红楼梦，就遗憾自己看得太晚了，至少三年前就应当看这本书。"有一年他去北京探亲，回来送给我一套儒勒·凡尔纳的《海底两万里》《神秘岛》和《格兰特船长的儿女》，使我领略了这部名著的魅力。赵明因毕业后分到了陕西省地质系统，当了好几年"社会主义建设时期的游击队员"，后来他回到了北京。

图2 颐和园合影。摄于 1964 年。

图 3 领取录取通知书后的合影。摄于 1963 年。

中间是我，考入了北京铁道学院（现北方交通大学），被分到了机械系蒸汽机车专业。在专业教育讨论时，我说："我现在要学习好专业，将来要亲手把蒸汽机车送进历史博物馆。"没想到一语成谶，毕业后，我被分到了以检修蒸汽机车为主的一个铁路工厂，我们厂三十多年来一共检修了 6501 台蒸汽机车，大多数机车上都有我的汗水和劳动，直到 2002 年 4 月 27 日，我们厂结束了蒸汽机车检修历史，我真的用自己的双手把它送进了历史博物馆。

图 2 是 1964 年国庆十五周年时我们在颐和园的合影，

前排右一穿军装的是我们的同班同学史清海。他高中毕业后参了军，恰好在驻京部队，使我们在京的同班同学成了八个。他现在是开封市的一名语文高级教师。

图3是我们在母校领取了录取通知书以后，一些同学在校园的合影，其中前排左一何传兴，左二刘大作，后排右二王良臣，右三陈石。

我们都是1968年毕业的，属于人们常说的老五届。当年同在北京的八个人里，现有三个在北京，一个在湖北，四个在河南（只有一个在开封）。看着这四十年前的合影，真感到恍如昨日。

在我们同学里，既没有高官，也没有大款，更没有声名显赫的名人，我们都是新中国培养出来的普普通通的知识分子，在各自的岗位上为国家勤奋工作了几十年。今天，我们都已面临退休，我们从内心里发出的感受是：奉献无悔。

我们那时读高中

许学芳

1962 年至 1965 年，我在潍坊一中读高中。

背着瓜干读高中

我读高中的那三年，国民经济正处"恢复期"，人们的生活还相当艰难。特别是农村，许多人家一日三餐还得掺野菜、掺地瓜叶。我们这些农村学生是背着地瓜干进城读高中的，每隔一个或两个星期我们就回家背一次瓜干，交给学校食堂，由学校食堂给我们做瓜干窝窝吃。高中三年，我们一直吃那东西。那年月，对我们农村学生来说，有瓜干背，有瓜干面窝窝吃，有学上，就谢天谢地了！我们吃

图 1 我们班的毕业照。入学 51 人，中途退学 7 人，毕业 44 人。1963 年山东省体育学校"下马"，转来我们班就读的有两人，一个叫卓忠信，一个叫杨志英，因考虑就业，他们只在我们班待了一学期，就转到一所中专去了。照片第二排是学校领导和我们的任课老师：左八是校长孙日新，第三排右一是我们的班主任王钦老师。后排左七是作者。

的瓜干窝窝也是家里人从自己嘴里省出来的。城市的同学吃的比我们好些，他们是"非农业人口"，吃"国家供应"，每月有几斤细粮，但主要也是吃粗粮、吃瓜干，而且他们也吃不饱。开学不久，班里就有退学的了。

在我的记忆里，我们班（高十八级三班）第一个退学的叫韩葆成，昌邑农村的，个子比我高。那时我们吃饭没有餐厅，全校的学生就餐都挤在学校礼堂里。礼堂只有桌子，没有凳子，吃饭时以班为单位大家围着桌子站着吃。食堂每天中午炒一个菜，基本上就是炒白菜、炒菠菜或炒萝卜条，五分钱一份。即便只是五分钱，有的同学也订不起。我就从没见过韩葆成订过一次菜。菜分完了，我跟韩葆成挨着吃饭，我把我的菜碗往他那边推推，说："吃吧！"他不好意思，拿起筷子轻轻夹一点点菜。再让，他就怎么也不吃了。他在我们班只待过几星期，后来就看不到他了，从此再也没见过他。

第二个退学的叫王光明，潍县人，是渔民的儿子，我们班的化学课代表。他家在海边，离学校八十多里，他每星期都得回家担一次地瓜面饼子和咸菜，来回一百六十多里，他实在受不了。读了不到两个月，就再也不来学校了。学校派人去找他，派去的人到他家时，他已经出海捕鱼去了。

第三个退学的叫邢丰庆，是班上的学习委员。第四个退学的叫徐世丰，在我们班当过班长。第五个退学的叫刘太平。第六个退学的叫庞解永。据我的同学王洪飞回忆，他说我们班还有一个退学的叫高基良，我却怎么也记不起来了。可能他退学的时间更早，在我们班待的时间更短，我是一点印象也没有了。加上王洪飞说的高基良，我们班共有七名同学退学。他们全是农村的，除了刘太平同学是因病退学外，其余六人全是因为生活困难。

我们的班主任

高一时我们的班主任是姜开勋老师，他带了我们一年，就被专署调去当秘书了。从高二开始一直到毕业，我们的班主任是王钦老师。

我不知道王钦老师是什么时候搬到我们班男生宿舍来的。在我的记忆里，他当了我们的班主任，就和我们住在一起了。我们班的男生宿舍是一间大房子，有两排木板搭成的大通铺，王老师就睡在靠门最近的那个铺位上。一天晚上上自习，我去宿舍拿一样东西，宿舍的电灯亮着，我看见王老师戴着花镜在给同学补袜子。后来，我的同桌于成之（图1三排左五）告诉我，王老师那天晚上补的袜子是他的。学校有两个食堂：一个学生食堂，叫"大伙房"；

图2 左起，前排：胥正起、付乃信、陈同成、王振祥、王玉俭；后排：作者、李瑞义、陈秀娟、张学瑛、徐慧英、刘书琴。

一个教职工食堂，叫"小伙房"。王钦老师经常不在"小伙房"吃饭，而是在"大伙房"订饭，端着一个兰花大瓷碗，和我们一起喝玉米粥，吃五分钱一份的炒大白菜。那时不兴开家长会，我们班的同学大都是农村的，来自潍坊周围好几个县，也没法开家长会。多少年以后我们才知道，就在王老师担任我们班班主任的那两年里，他利用寒暑假，骑一辆自行车，走访了半数以上的学生家长。他跟许多家长说："准备下吧，攒钱让这孩子上大学！"这些事王老师自己不说，都是家长告诉我们的。在我们眼里，王钦老师是个严厉的人，也是个慈祥的人。我喜欢语文，高三下学期了还读小说。一次课间休息，我在教室看小说，王老师走过来，微笑着说："学芳啊，快高考了，咱就最后一本吧！"我说："好！"收起书，高考前再也没看小说。

姜开勋老师虽然只给我们当过一年班主任，但我们的感情也很深。1978 年，在济南大众日报社食堂卖咸菜的小卖部里，我们偶然相遇。十多年不见，他竟一口喊出了我的名字。那次见面非常匆忙，匆忙中他还急着向我打听其他同学的情况：问孙更生（图 1 三排左九），问刘秀芬（图 1 前排右三），问初加功……我告诉他：孙更生考上了中国医科大学，刘秀芬考上了北京地质学院，初加功考上了军校……

图 3 前排左二为王光明

高考前后

　　我们 1965 年 6 月毕业，7 月高考，高考复习只有一个月时间。教育部有规定，高三的课程不能提前结束。那时，上头的文件是很管用的，没人敢违背。从高一到高三，我们每天上午四节课，下午两节课，然后是两节课外活动，课外活动雷打不动。早上一节早自习，上半截学语文，下半截念外语。晚上两节晚自习，老师布置作业不多，每门课一般只有两三道题，抓得紧第一节晚自习就能做完了，第二节晚自习看书。晚9点一到，钟声敲响，全校的学生熄灯睡觉。负责敲钟的是学校的老校工张大爷，他既是传达，又管收发，还做门卫，也管敲钟，一身数职。他慈祥、和蔼、友善，很受老师、学生尊重。学校很安静、很安全，在我们读高中的那三年里，不记得校园里发生过什么"事儿"。

我们高考是在潍坊二中考的，两个人一张桌子，跟平常考试没什么区别。一间考场里，只有一个发卷子的老师（即监考），考场纪律很好（历年都很好），没人作弊。不会答题是能力问题，考试作弊是思想品质问题，分数与品质相比，大家更看重品质。那一年的高考作文题是《论为革命而学》。

我们班44人参加高考，被录取27人。其中，军校4人、北京4人、上海3人、南京1人、天津1人、济南11人、青岛3人。图2是我们班在济南上大学的11个同学合影，时间是1969年，地点趵突泉。这11个人中，读山大的4人，读山师的2人，读山工的3人，读山医的2人。

我读的是山师中文系，毕业后去部队农场锻炼一年半，1971年底被分配到《大众日报》做编辑。半年前，报社从部队高初中毕业的战士中挑了16人进报社做编辑、记者，有的做行政管理。这 16 个人中，有一个叫王光明的，分到济南记者站当记者。他是潍县人，我也是潍县人，我们是老乡。1977 年夏天的一天傍晚，我俩在报社门口纳凉，闲谈中，他偶然提到潍坊一中。我忙问他："你也是潍坊一中的？"他说："是啊！""哪个班？""高十八级三班。"我惊喜若狂，说："咱们是一个班的！原来你就是咱们班入学不久就退学的那个渔民的儿子王光明啊！"两人抚掌大笑。他这才向我讲了他的经历：退学后就下海捕鱼去了，出一次海就在外面待半月二十天。一次就要出海了，生产队长临时把他叫下了船，让他去参加造一条新船。他那条渔船 12 个人，有一天，那 11 个人出海了，他没去，遇上了大风浪，船沉没了，11 个人全部遇难。1965 年我们高考的时候，他就到北海舰队当兵去了。然后就是进报社，比我还早半年。图 3 是王光明进报社后参加报社举办的青年记者学习班时的留影。

我们读高中的那个年代，"家庭出身"已非常重要，一些同学就是因为"家庭出身不好"，高考被刷了下来。这影响了一个人的一生，甚至影响到下一代。我们班的邢万蓬（图 1 最后一排左八），就是因为"家庭出身不好"而高考落榜的。落榜后他闯关东了，最后在黑龙江七台河一家煤矿落脚，做了下井挖煤的工人。2013 年夏天，在潍坊的同学提议在潍坊搞一次全班同学聚会。这时，我们都退休六七年了，已到了"颐养天年"的年龄。电话打到黑龙江七台河那家煤矿，找到邢万蓬，邢万蓬说：他很想来，很想见见老同学，但他不能来，他还得下井挖煤，家境不好，子女工作也不理想，还需要他养家糊口……消息传来，令人唏嘘不已！

我的画友同学

黄正德

我自幼喜欢画画，从小学三年级到高中毕业，经常为班级或学校画刊头，出墙报，在学校小有名气。1959年秋，我从黄冈中学考入武汉大学物理系后，本想从此专注学业，不再让那些写写画画的事浪费精力和时间。然而，在校美工队队长和年级团支部的再三动员下，还是进了武大美工队。

武大美工队是一个业余的学生组织，聚集了武大各系爱好美术且有一定绘画基础的青年学子。我刚进队时，美工队的规模还小，连队长在内不到十人。图1是1960年隆冬某日，大家刚从美工队开完会，高高兴兴步下老斋舍的阶梯时，用135相机拍摄的。那天天气很冷，大家都穿着厚厚的冬装，从表情看，个个都意气风发，精神抖擞。最右边戴帽者是笔者。

校美工队虽然是个群众组织，但承担的宣传工作却相当繁重。大张旗鼓的宣传活动也是一个紧接一个。不管刮风下雨，白天黑夜，只要任务一来，就得马上行动。

每个学年一开始，美工队照例要做的第一件事就是"迎新"。在车站、码头和校园的几个主要路口都要拉横幅、竖大标语牌，还要摆放几幅宣传画，欢迎新生的到来。为不失时机，暑假期间就得着手准备，一直要忙到9月上旬才结束。节假日也一样，遇到有游行活动，还得连夜准备游行用的各种横幅、大标语和巨幅宣传画。

搞美术的都知道，要结合主题创作一幅好的宣传画，不花上一周以上的时间是不行的。制作横幅标语也不简单。那时不像现在可用电脑制版，只能用手工。先在白纸上用铅笔一个字一个字勾好字形，再用剪刀一剪一剪地把它剪出来，然后按次序贴在红布上，既费时又麻烦。工作量大，美工队的人手少，为了赶任务，有时只好通宵达旦地干。

那个年代，连普通的固定电话都很少。有事需要联络，一般只能靠口头传话、递纸条、贴告示。有一次我想找几个队员商量一件事，花了大半天时间，还没把人召齐。

对那个年代的年轻人来说，苦和累算不了什么，让人

图1 摄于1960年隆冬时节。右一戴帽者为作者。

难以忍受的是饥饿。正是国家经济最困难的时期。全国人民都在挨饿，大学生也不例外。我天天在盼，什么时候能吃上一顿饱饭，该是多么幸福啊！

　　1961年3月的一天晚上，8点左右，我正在宿舍里自习，美工队长颜力六跑进来，拉起我就走。到斋舍门口一看，已有几位队员等在那里。我正准备发问，颜队长边走边说："武昌区公安分局请我们马上去帮忙，搞一个打击犯罪的专刊，还要招待一顿晚饭。"听到这个消息，我们真有点喜出望外。

一到分局，大家就赶紧忙碌起来。我们将专刊设计成龙形，在龙身上安排打击犯罪的"攻、防、打、挖"等文字内容。怕我们疲倦，分局还特意准备了一些茶水和香烟。几个小时后，一条活灵活现的"东方龙"终于完工。分局的领导和同志们都很满意，但就是不见有吃的东西端上来，开始我们以为是还没准备好，可左等右等，一个小时过去了仍不见动静。正纳闷时，分局的一位领导跑来对我们说："本来想请大家吃一顿饱饭，可是想了许多办法都不行。我们弄了点面条，请你们将就吃点，实在抱歉。"

当时的大学校园，物质生活虽然匮乏，但精神生活还是丰富多彩的。主要的娱乐活动是文艺演出和放电影。武大有个小操场，平时专门用来放露天电影。每周都有两三场，有时会更多。放映之前必定要放幻灯片，这是当时的硬性规定。幻灯片由宣传部门拟稿，交美工队在普通玻璃上或写或画。一周所需的幻灯片，通常要由三四个队员分担才能完成。文艺演出也少不了美工队的事。记得校文工团排练当时的热门话剧《年轻的一代》，就是美工队全力配合搞的灯光、布景、道具。演出时，还要帮着搬运布景、打灯光。忙得十几个队员团团转。

年底，又要忙着设计贺年片了。这是美工队唯一能创收（当时叫"勤工俭学"）的项目。说是贺年片，其实就是黑白的校园风景照，再加上新年祝辞。要求设计新颖，美化得当。对征集来的作品，评比后择优选用，找市内照相馆批量制作。因其价廉物美，这种贺年片大受师生们的欢迎。我保存着一份1962年的贺年片销售纪录：从1962年11月23日开始，到1963年2月10日止，共制售了八批次贺年片，总销售额1200.71元。除去制作成本（不算设计费用），盈余330.82元。赚的钱除上交一部分外（70%），其余留作美工队开支。发给被选用作品的设计者奖金二元，免费送一套贺年片，以资鼓励。

1962年，武大团委开展了评选模范共青团员的活动，为扩大影响，举办了一个优秀事迹展览。大概是因为我社会工作肯卖力气，学习成绩又是班里的前几名，被评为了"模范共青团员"。团支部宣传委员找到我，要我把自己的勤工俭学事迹画成连环画，以供展出。我当即推辞："哪有自己宣传自己的呢？太不谦虚了吧！"推托不成，我只好服从组织的安排，以"旁观者"的身份画了自己的"优秀事迹"。

老队长颜力六是1962年毕业的。那年的5月20日，是一个风和日丽的星期天。上午10点左右，美工队员们相约来到了行政大楼前的平台上，以大图书馆为背景，请校

图 2 摄于 1962 年 5 月。后排左七为作者。

门口的松柏照相馆为我们拍了一张集体照（图 2）。老队长站在后排的中间（后排左五），黄明正（后排左六）紧挨着他。我（后排左七）手臂搭一件外衣站在黄明正的右边，蹲在前排。这张照片上有十六人，比前一年增加了一倍。照片中唯一的女生是 1960 年进校的谭恕。她读的是中文系，可能是不好意思的缘故，她参加队里的活动不多。

照完相，不知谁说了一句："请老队长题个辞吧。"老队长略一思索，写下了"永不放下画笔的朋友们 武大美工队"几个字。毕业后，颜兄分配到北京黑色冶金研究所。过了两年，因照顾关系，又从北京调回武汉，在武汉钢铁设计院供职。1966年以前，我们一直还有书信往来。

为了提高队员的绘画水平，只要武汉市有美术展览或讲座之类的活动，美工队就要前往观摩学习。还要组织校内美术作品展览和野外写生活动。

1963年是武大校庆七十周年。早在1962年5月，校方就给美工队布置了一项任务，围绕武大的重大历史事件创作几幅大型油画。接到任务后，我们都感到压力很大。我和黄明正、吴遵霖三人都是大四学生，离毕业只有一年，为不致影响学业，只能见缝插针，课余时间及节假日搞创作。从搜集素材到构图创作，一稿、二稿、彩色稿，反复修改，直到1963年6月才算基本完成。五幅油画都受到校领导的肯定和师生们的好评。记的当时《六一惨案》悬挂在图书馆大门背面的上方，《毛主席来到珞珈山》悬挂在文科图书馆，其他三幅都挂在行政大楼内。

作为辛勤劳动的补偿，学校拿出几十元钱发给我们。记的是按每天补偿一角钱计算，吴遵霖、黄明正和我，每人都分得四元钱。

写生和速写，既是提高绘画技能的必要途径，也是为创作搜集素材。由于经费不多，美工队出外写生只限于校

图 3 摄于 1963 年 7 月。前排左一为作者。

园周围和东湖风景区附近。图 3 是 1963 年 7 月 22 日，美工队在东湖行吟阁写生时的留影。我站在前排（左一），手里还拿着画板，黄明正和吴遵霖站在后面的台阶上（后排右三、右二）。

1964 年 7 月上旬，正是我们毕业的时候，校党委下达了一项政治任务，美工队要全部参加"校史展览"的布展工作。我主要负责创作连环画，大小共有十八幅之多。

7 月 25 日上午 11 点左右，布展工作刚刚就绪，校领导通知全体人员合影，作为欢送美工队毕业生留念（图 4）。和欢送老队长一样，这张照片也是在行政大楼前的平台上拍摄的。照片前排左五到左八是校领导和老师，其他都是美工队员。本届毕业的队员一共有四个：生物系的吴遵霖（前排右三），物理系的黄明正（前排左二）、陈安正（前排右一）和我（前排右二）。这时我们并不知道分配去向，但从我们焦虑、困惑的目光中，看得出对未来的期待和无奈。

过了半个月，分配结果揭晓。吴遵霖分配到湖北省枣阳农业局，黄明正分配到南昌拖拉机修配厂，陈安正分配到新疆石河子，我则被分配到重庆的一家无线电厂。这一结果使我们大失所望。

1965 年 8 月，我回乡探亲，顺便回了一趟武大，还到美工队看望了昔日的队友。从队友的言谈中，得知黄明正

图 4 摄于 1964 年 7 月。前排右二为作者。

到单位后改行当了专职美工，吴遵霖仍在消沉之中。而下
一届毕业的队友饶胜年分到了哈尔滨，戴家斌分到北京市
教育局，徐声洪分到乌鲁木齐某部队，谭恕分到了广西自
治区人事厅。

　　从此以后，我和我的画友们就完全失去了联系。一晃
四十多年过去了。回首往事，那情，那景，总是叫人感叹。

长沙一中的合影

邢红英

前些天，从《作家文摘》上看到一篇邓晓芒回忆杨小凯的文章，勾起我半个世纪前的回忆。我从家里翻出一张长沙一中1965年7月14日的合影，第三排右三是我，第四排右八便是杨小凯。

我的小学就读于北京和平街一小，中学就读于北京女十二中。因为父亲于1965年1月调到湖南省文联，我们全家随迁，初中三年级的我转学到长沙一中初七十八班。在校期间，我功课不错，中考时全市排名第四。当时班里的干部子弟很抱团，学生干部主要由他们担任。我的父母，虽然都是抗日战争时期参加革命的共产党员，家庭出身算革命干部，但我申请入团却卡了壳。我的入团申请书里写

1965 年 7 月，长沙一中初七十八班合影。

了一句：入团将来就更有奔头了。杨小凯当时叫杨曦光，
是班上的团支部书记，他找我谈话，说凭你这句话，不知
道你要奔到什么地方？所以还得考验考验。其实当时离初
中毕业没几个月了，还考验什么呀？这样，我初中时就没
有实现入团愿望。

　　照片三排左一女生名叫张国琼。当年我刚入校时，谁
也不认识，是张国琼主动帮我捆行李，从家里扛到学校，
我因此记住了她的名字。后来知道她因为父亲的历史问题，
在班里颇受冷落，连考高中的资格都没有。初中毕业就让

她下了乡。不知她后来过得怎么样。

长沙一中是当地名校。1965 年考高中，我又考上了长沙一中高六八六班，和杨小凯又成了同学。杨小凯还是团支部书记，我当了语文课代表。

父亲不适应湖南的气候，当年 11 月又调到了山西省文联，我们全家又随迁到太原，我转到太原三中读高中，总算在那里入了团。

我和杨小凯相处时间很短，就留下这么一点印象。1968 年，听说长沙有个杨曦光被中央点了名，我不敢肯定他是不是同班同学杨小凯。改革开放后，杨小凯出国留学，在普林斯顿大学获博士学位，并在经济学研究中取得令人瞩目的成绩，成为同代人的骄傲。可惜天妒英才，他只活了五十六岁，便在澳大利亚去世，真是太可惜了！

农垦边疆的同学

齐国利

　　甘肃生产建设兵团柳园农建十一师七团六连二班，这是同学常肇麟1965年去边疆生产兵团的通信地址，这地址已铭刻在我的记忆里，至今不忘。

　　1965年9月4日上午，有两个专列的火车由天津站出发驶向甘肃省。这两个专列承载的数千名学生，都是天津支边的知识青年。一路上，他们唱着"到农村去，到边疆去，到祖国最需要的地方去"等革命歌曲，奔向远离家乡的边疆。9月9日他们到达甘肃省，常肇麟等同学由柳园站乘车去了安西县瓜洲西湖农场，离古丝绸之路上的敦煌只有一百里。当年我和常肇麟同在天津十中毕业，我考入技校，他去了甘肃。在去甘肃的十中同学中有同班的刘建华、谢敬一、

图1　甘肃生产建设兵团柳园农建十一师七团六连战士留影。摄于1966年元旦。左起：刘建华、刘俊生、谢敬一、常肇麟。四名支边青年与作者中学同班。

刘俊生和常肇麟，同年级有朱建国、艾庆杰、王玉宁、宋燕、陈宏舜（音）等。还有我同院邻居陶玉梅，我们是童年一起成长的小伙伴，她与我同一学期由市第三十三中学毕业。在甘肃，陶玉梅与十中的同学都分在七团六连，他们相处在一起成为生产建设兵团的战士。我当年翻看中学地理地图，查找柳园车站的位置感觉是那么遥远，由兰州向西北到柳园火车站还有一千多公里，已经离新疆很近了。

我与常肇麟、邵周杰二位同学同窗九年，孩童时相识

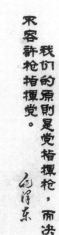

天津瑞金1967

图2 1967年春天作者（右）和常肇麟留影。常肇麟穿的是建设兵团的军装，他当时每月工资是29.75元；作者穿的是半工半读技校下厂劳动的工作服，每月工资13元。新联照相馆在天津百货公司北面和平路上，这家老字号照相馆以美术拍照著称，相纸采用当时很时兴的布纹相纸，相纸上的人物立体感强。后改称瑞金照相馆，之后又恢复原名，在城市拆迁改造中，此照相馆现已不存在。

在元纬路小学，该学校之前为木斋小学，由卢木斋兴办。卢木斋（1856—1948），名靖，湖北沔阳人。他曾被李鸿章委用，任天津武备学堂算学总教习。20世纪二三十年代，在天津先后兴办的学校有卢氏蒙养园、卢氏小学、木斋中学，对南开中学亦曾多次资助，并捐款、捐书兴办南开大学木斋图书馆和北京木斋图书馆。他还投资实业兴办诸多工厂，

图3 中学时期的常肇麟。照片于 1965 年夏天赠予作者。

不但是教育家还是实业家。木斋小学在天津是一所历史悠久的名校，1956 年我们入学时，学校的设施仍保留了原有的风貌。在明亮宽敞的教室与西式建筑风格的环境中，我们度过了无忧无虑的少年时光。1962 年，我们三人共同考入第十中学，又分在同一个班，三人成为情同手足的好朋友。我们都居住在小学附近，邵周杰住在二马路二义里，常肇麟住黄纬路 28 号，我住在天纬路 4 号。二义里的四合院、黄纬路高台阶的二道院、天纬路前后院及东跨院，都留下了我们童年在一起玩耍游戏的足迹。1965 年中学毕业，邵周杰去二中读高中，常肇麟去了甘肃，我考入技校，从此三人分别到了不同的环境中学习和工作。

1966年，我家离开天纬路4号院，搬到元纬路福寿里居住。1967年常肇麟回津探亲，特意找到福寿里2号看望我们全家人，安慰我母亲。常肇麟父亲常良元是河北省高阳人，母亲袁淑君是湖南省湘潭人。其父常良元初时在冯玉祥部下带兵打仗，抗日战争时期曾在湖南省带兵与日本侵略者的军队正面交战，还曾在阎锡山部队待过，历任连长、团长、师副官处主任等职。1948年在北平傅作义麾下的军队中任职，是北平和平解放起义有功人员，并颁发有起义荣誉证书。解放后来津，在饮食服务行业工作。天津饮食单位是一个较平静的行业，饭馆、早点分散，工作辛苦，行业内人员多为老年人，大家都相安无事专心干好本职工作。伯父、伯母对我关心和劝慰，让我向前看，一切都会过去，只要到他家都会留我吃饭，这是我最难忘的事。

常肇麟初到甘肃那年至1966年前，我们有多封书信往来，他给我的信都让我父亲看过，父亲说："他是一位难得的同窗好友，要珍惜同学的情谊，他去的地方很艰苦，去信时鼓励他，要向他学习……"我将他的信都珍藏起来，可惜，我们全家人回原籍山东的时候，那些信随之遗失。他在这些信中讲述了兵团战士的生活和工作，初到时那里的环境不如天津，平日里戈壁的大风沙无所不至，甚至吹到了睡觉的炕上，他们经常是迎着风沙去开垦土地。他们到农场时住的是地窝子，之后自己动手脱坯建营房，修水渠建水库，开垦荒地，修整农田，植树造林绿化环境，建成了祖国西北的粮仓。那时支边青年最爱唱的歌，是电影《军垦战歌》中的插曲《边疆处处赛江南》。至今，每当我在电视中看到或从广播中听到这首歌时，我就会想起我的同学们农垦边疆的往事……

1979 年，随着知识青年返城的潮流，常肇麟和十中的同学及陶玉梅都先后回到天津工作生活。同学刘建华和对象去了兰州工作，兰州成了他们的家。最初，他们是怀着"祖国的需要就是我的志愿"这一信念，自愿报名去了艰苦的地方，在人生最美好的青春时刻，服从了祖国召唤去边疆农垦。我们应记住这些农垦兵团战士用青春时光对边疆的贡献。

高三女同学们的出游

朱新地

这两张照片——我们五个女孩子的。邵南、马琼、黄素金、裘家怡，还有我——那时我们上高三。

有一天，我们几人突发奇想：星期天到西山龙门去看日出。西山位于昆明西郊的滇池畔，距市区大约十几公里，山上的参天古木掩映着华亭寺、太华寺、三清阁等古刹名寺。其中最为壮观的就是悬崖峭壁上人工凿成的龙门了。登上龙门，俯看五百里滇池，湖光帆影，烟波浩淼，令人心旷神怡。如果能站在山巅亲眼看着一轮旭日从滇池上喷薄而出，那才真是美妙无比呢！

我们为这个念头兴奋不已，立即开始做准备。由于五个人中只有两人会骑自行车，于是我们借来了两辆旧自行

图1 扶着自行车合影。

车，加上我家的一辆，星期六晚上在操场上连夜学习骑车。苦战一个多小时后，三个原先不会的人都能骑着保持自行车不倒了，只是还不会上车和下车。大功已告成一半，大家信心十足，剩下的问题就是如何半夜三更出学校大门了（因我家住在高校宿舍，夜里无法开门）。

这晚，父母亲让出了他们的房间，所有人都在我家挤着睡。半夜时分，我们趁着星光翻墙出了学校，到附近的同学家取出自行车（事先把车放在他家里），然后，由两人扶着车后座，把不会上车的人一个一个送上路后再自己上车。五个人就这样跟跟跄跄地上路了……

你看这张扶着自行车的照片（图1），是在快到龙门时拍的，背后就是烟波浩瀚的滇池。那天，我们从星夜骑到黎明骑到天光亮，车胎破了就骑钢圈，上山蹬不动就下来推着车走，一路颠颠簸簸、跌跌撞撞，到后来已分不清到底是人骑车还是车骑人。遗憾的是我们光顾着赶路，甚至没留意什么时候天已大亮，一直快要到达龙门时，大家气喘吁吁地停下来回望滇池，才发现太阳已经升起老高了。

喏，这张"吹拉弹唱"的照片也是那天拍的（图2）。从西山归来，大家觉得还不过瘾，又在校园里疯玩了一阵……

现在我也有些纳闷：那时的家长怎么那么放心、那么

图2 "吹拉弹唱"时合影。

开明？都高三了，还允许孩子这么放肆地疯玩，既不担心考试，也不担心安全。而看到如今的孩子们背着沉重的书包，戴着厚厚的眼镜，又不免叹息扼腕：强调了那么多年的"素质教育"竟不见起色，甚至还在倒退——似乎越来越"应试"了。当时，我的母校昆明一中，是云南省最好的中学之一，培养出了不少德、智、体全面发展的栋梁之才哩！

回想起来，尽管我们的童年及少年时代，没有肯德基麦当劳巧克力冰淇淋，没有歌星影星偶像游戏机，更没有现在家长那种温室一般的呵护，但比起当今那些生活在钢筋水泥丛林中的孩子，我们似乎有更高远的蓝天和更辽阔的大地。谁又能否认，对于心灵及体魄的健康成长，风雨与磨砺是一项不可少的条件呢！

青春二三事

徐琬芳

那是，1966年的5月，台湾南部的左营。接近端午，天气越来越炎热，熏风阵阵，我将要挥别高中生活。校园内'知了'拼命叫着，檬果树开着花，桂圆树也垂着细软的枝条，枝桠间点点孕含生命细蕊，玉兰郁郁香气弥漫着。

三年的高中生活令我难以忘怀。尤其高三那年，生活的悲喜，不仅只是功课压力，无端的伤春悲秋，更啃噬着一个未经人事少女的心。那时还不懂得黯然销魂的离别情绪，只是整个校园氛围，让人心慌。离大考只剩一个多月，同学无心无绪逛来晃去。编排"同学录"的工作行将结束，不知为什么，还缺了一些生活照片。那天导师借来相机，

图 1　穿白衣黑裙的合影。后排左五为作者。

催促着我们分组在校园找背景。

　　我，谢丽菁、玉河，白薇丢下课本，跑出教室。就在杨桃树前方，新栽的树旁拍下这照片（见图 1，后排右五为作者）。清汤挂面，白衣黑裙，它是 60 年代台湾女学生流行的模样。女孩们在一起闲聊，常叹身为女性的局限无奈，向往须眉男子的落拓自由。那天曾经高二同班的同学，借了男生的大盘帽，在左营街上的照相馆，拍下这珍贵照片（见图 2，中为作者）。每回凝视着相片中的自己，感叹时光飞逝，屈指一算三十四年了。

图2　戴男生大盘帽的合影。中为作者。

　　青涩少男少女，在校园中也离不开情事，凤求凰的戏码在校园舞台上演着。我仿佛又看到，才气的丽菁（图1中导师左边的女孩），轻悄擦拭着"建宏"的桌椅，并把一包糕饼放进他的抽屉。他们是公开的小情侣，从进高中就要好，我是到了这个班级才知道。我坐在丽菁的右边，建宏坐在她左边，这是班长安排的。每天早晨，她总是先到校，站在建宏的位子边轻擦着他的桌椅，放好点心，才弄自己的。他呢？中午帮丽菁拿饭盒、倒杯水。他们在学校很少交谈，更不要说什么亲昵动作，偶尔看到女孩用轻柔眼神瞄他一下，男孩犹似一尊神像。倒是常见他们在走廊上，一人站一边，同时望着一丛竹子。放学后，他们虽一道走，俩人的距离却有两米远。

记得，上体育课，跑完操场、作完操，老师放了我们，三三两两的女生，倚在树下，软软的草地，近处的半屏山映着一抹斜阳，我们围着丽菁聊"他"，故作沉重对她说，如果将来被"建宏"欺侮，我们不饶他。此时，她充满幸福的表情，洋溢在脸上，并对我们摇摇头，表示不会。

左营中学的点点滴滴，回首更增添生活滋味。1965 年，老校长退休，新校长带来了"蒋仁"老师。可惜，我未受教于他。据他班上的好友告诉我，神态飘逸的蒋老师，为人亲切，上课风趣诙谐，并是吟咏诗词的好手，听他讲课真可用如沐春风来形容。每天和好友放学相会，总是迫不及待问她，蒋老师今天教了什么？好友兴高采烈，让我钦羡不已。

蒋老师单身、中等身材的中年人，喜穿白衬衫，头发梳得光亮，气象冲和，像从古书中走出来的人。过了不久，校园即有种种传说，是有关蒋老师。那几年，琼瑶小说风行，女孩子如痴如醉，除了读书，话题就是小说情节发展。《联合报》那时正连载着《船》这部小说，每天报纸副刊成了同学争夺冲突的导火线。有一个星期六下午，一群女生跑到学校要见蒋老师。有人说蒋老师有一方类似《窗外》小说男主角的砚台。老师的单人宿舍就在高三义班隔壁，是教室改成，同学找他请教问题发现了这方砚台。当时盛传《窗外》是琼瑶自传性小说，书中男主角后来到南部一所高中任教，因此这件事也沸腾一阵，令我记忆犹新。

同样是近端午燥热的天气，我回到母校，昔日的校门换了位置，旧的两层校舍成了巍峨大楼。当年的师长老矣！离去！凋零。

但，青春，仍是校园主色。

2000 年 1 月于台北

一支中学足球队的合影

王 毅

　　这支由 68 级学生组成的山师附中足球队合影，拍摄于
1970 年国庆。因这次合影是队长邹伟光（后排左一，山东
泰山队教练邹新光的哥哥）和踢后卫的王建军（后排右一）
提议，大家凑钱拍照，因而属于自发性的，所以球队的领
队、学校体育老师于学良和教练、市体委王可畏老师均没
有参加。中排左一是我，我在场上踢前卫。这年秋天，济
南市举行"迎国庆体育比赛"，足球被列入其中。参加比
赛的球队除省一队、二队等几个专业队外，业余的只有济
南市工人队和我们山师附中足球队。一个中学球队在三大
球比赛刚恢复之际，为何就有与专业球队同场竞技的殊荣
呢？其实很多人都知道，山师附中从 20 世纪 60 年代初起，

山师附中足球队队员合影。

足球活动就开展的相当普及和活跃。特别是 1965 年组队胜
了青岛一中,夺得全省中学生足球比赛第一名后,又代表
山东省参加了全国中学生比赛,获第 6 名,从而名扬全省。

　　在那次"迎国庆体育比赛"中,我们和其他队的比赛
已经记不清了,但是和省队的两次交锋还是很有印象。第
一场比赛是在青年公园足球场。海报贴出后,多年没有看
足球比赛的市民把球场围了个严严实实。我们第一次在这
么正规的环境下踢球,对手又是专业队,心里十分紧张,
大家缩手缩脚放不开。上半场一下就让省队打进 8 个球。

中场休息时，王可畏教练严肃地批评了我们，要求我们积极防守，主动进攻。反正输这么多，不如拼了，我们也这样想。下半场大家都像变了一个人，拼抢得异常凶猛，虽然又失了两个球，但已毫无惧怕心理。前锋邹伟光瞅准时机，在对方禁区前断下一球，盘带两步，一脚怒射，球直飞省队大门，"咚"的一声，打在球门柱内侧坐着看球的小学生身上，孩子和球同时滚入网内。扳回一球，我们雀跃起来。这场球以 1:10 结束。赛后讲评时，王教练鼓励我们，只要敢打敢拼，省队的大门不是敲不开。第二场比赛在皇亭体育场。有了第一次交锋的经验，大家的心理状态调整得比较好，防守到位、进攻积极，上半场省队没占到多少便宜，我们也没进球。下半场由于守门员薛瑞宪（前排左三）戳伤手指，临时找人替补后失了两球，终以 0:2 失利。几名不服输的队员很是不甘心，委屈地流下了伤心泪。

　　虽然在这次足球友谊比赛中我们战绩不佳，但大家觉得能代表山师附中出场，足以证明足球活动在我们这一茬人身上没有失传，附中的足球活动又延续了下来。尽管这种延续是自发的，是在不自觉的状态下进行的，但用历史的眼光来审视，这些中学生们的确是一个极富个性、较为特殊的少年足球群体。如果说 1965 年的那支夺得全省中学第一、全国第六的球队当属附中首支足球队的话，那么 68

级的这支球队算是附中历史上第二支较为成型的足球队了。别小看这些未成年的孩子，当时球龄已占了年龄的一半。这支球队的大部分球员来自于山师附小足球队，1966 年前在附小体育老师张华文的指导下，受到过较为系统的训练，并取得过济南市小学生足球比赛冠军和济南市五人小足球比赛第一名的成绩。

足球是那个年代孩子们生活中的唯一兴趣。许多人都记得，在 20 世纪 60 年代后期，山师大大小小的宿舍院里，三五成群，小至八九岁，大到二十岁左右踢球的男孩子随处可见。不管是在太阳当头的正午时分，还是在傍晚昏暗的路灯下，他们练盘带、练顶球，练过人、练射门，汗珠挂满了一张张小脸，汗水浸透了每个孩子的衣衫。宿舍楼群里的行人，一不小心，脚下就会被滚来的足球绊一下，头上就会被飞来的足球砸个正着。门洞与门洞之间、楼与楼之间、院与院之间的比赛是家常事。两块砖一摆，就是球门。几个孩子凑一块儿，数数人头，两军对垒便可开战。足球就像一块强大的磁铁，吸引着这群孩子们。原山东泰山队主教练殷铁生和邹新光、张洛迪（前排左二张华迪的弟弟）等人的足球生涯就是从这儿开始起步的。那个时候，他们只不过十岁刚出头，年龄小、个子也不高，大孩子们踢球怕伤着他们，开始往往不带他们，他们就软缠硬磨非要入伙。我和铁生住邻居，只要我们在楼下踢球一出声，他们哥仨儿，立生、群生、铁生就会一阵风地从楼上跑下来搅和在一起。铁生小时候鳖黑的皮肤，虎头虎脑，踢起球来敢拼、敢抢、敢玩命，大家都喜欢叫他"铁蛋"。新光、洛迪和铁生一样，对踢球已到了痴迷的地步。我们在哪儿踢，他们就跟到哪儿。有时到七中打比赛，刚甩掉他们，比赛一开始，他们又出现在场边了。大伙儿被他们缠得服了气，都说，真是甩不掉的"铁蛋"啊！渐渐地，我们一帮大点的孩子就带着他们踢起来了。不多久，他们就组成了自己的小队伍，敢和我们抗衡了。谁料到，在十年后的四届全运会上，铁生、新光、洛迪作为山东队的主力队员厮杀在足球决赛场，为夺得山东足球的第一个冠军，立下了战功，书写了山东足球辉煌的一页。

在那个年代，物质生活匮乏，孩子们每天虽然都能填饱肚子，但足球是大运动量的体育项目，一场球踢下来，大家都饥肠辘辘。经常听到大人们抱怨孩子吃得多。穿鞋就更费了，那时没有足球鞋，全是清一色的绿解放。踢上十天半个月，鞋前面就被脚拇趾开了天窗。谁的家里都放着四五双透气的解放鞋，补补换着穿。运动服就更谈不上了。所以当那年领到了为迎国庆打比赛学校发的运动衣时，大伙儿感觉就像过年一样。虽然这身紫色大罗纹运动衣是学校老队员们穿过的旧衣服，有的肩膀上都已洗得发白，衣服上还散发着霉味，但我们穿在身上的那种荣誉感和自豪感，不亚于今天披上国家队的"战袍"。遗憾的是，这身衣服前后在我们手里停留的时间不足一个月，国庆后不几天，学校就收了上去。值得庆幸的是，我们这群孩子竟没忘记穿上它，来到当时济南最好的照相馆——泉城路"人民照相馆"，拍下了这张黑白照片，使这些热爱足球的中学生们的身姿，永恒定格在 1970 年的 10 月 1 日。

我的初中好友

李景霞

1971 年春节前，随着调回北京工作的父亲，我回到了北京上学。是年我十三岁，上初二，经联系转入了很有名气的北京师大女附中。我入校时，已实行按区域就近入学，男女混合编班，已经一点看不到当年重点女中的迹象了。

我插班到了一连四排。在那个年代，学校的班级、年级编制都跟解放军部队一样，采用连排制。同学中我首先熟识的是中午不能回家吃饭，和我一样在学校食堂"入伙"的几位女同学，她们中的小华、京京、小红、小乔，后来成了我的好朋友（图 1）。

午饭一桌八个人，饭菜以桌为单位分配，一般两个菜。有一次吃肉片炒白菜，白花花的肥肉片，女孩子们实在吃

图1 作者和她的四位初中好友。前左起：小乔、小华；后左起：小红、京京、作者。

不下。小红吃了一片便做出呕吐状，惹得大家更不愿意下筷了。留在盆里剩菜太多了，又怕食堂的师傅看见了批评。不知谁起头，一片片肥肉都被扔到了桌底下。小华学着电影《地雷战》的台词说：给鬼子来个"天女散花"，大家哄笑起来。京京将刚学的语文课内容用上了："这叫'千村薜荔人遗矢'！"笑声中我们结束了午饭。

第二天上学，班主任把我们几个叫了去。工宣队的师傅严肃地批评了我们，说我们是生在福中不知福，忘记了

图2　小红（左）加入了红卫兵。中为作者。

伟大领袖毛主席的教导："贪污和浪费是极大的犯罪。"据说，
食堂的师傅们看到我们扔的肥肉，非常气愤，认为我们小
资产阶级思想严重，缺少无产阶级感情。有人还将我们在
饭桌上的玩笑话汇报给了政治老师，差点要开班级批判会。
念及我们平时都还是不错的孩子，最后只让我们每人写份
检查，认识错误，以观后效。

　　我刚去的那个学期，小红最大"心病"，是还没有成
为"红卫兵"。

　　小红的爸爸、妈妈都是从苏联回来的留学生。我清晰

地记得，发展小红加入"红卫兵"的组织会上，大家围坐在一起，主持人让她谈谈对家庭的认识。个子矮小、胖乎乎的小红低着头，发言稿遮住了她大半个脸。当时我觉得她"很有勇气"。小红终于被吸收进了"红卫兵"，她戴上袖章，要我和另外一个要好的同学陪她拍了一张照片（图2）。

那时为不能入"红卫兵"而苦恼的人还有很多。班里有位女孩叫月娥，她的父亲是在中央广播事业局工作的外国专家，据说是马来亚共产党员。由于是外国人，"红卫兵"的大门没有向她敞开，为这事月娥一直耿耿于怀。那年三八节，她和妹妹随母亲参加了周总理为在京的外国女专家和男专家的夫人们举行的宴会。席间，她鼓起勇气举杯走到总理面前，问道：周伯伯，我们在北京的外国孩子和中国孩子有什么不一样吗？为什么我们不能入"红卫兵"呢？周总理和蔼地答道，没有什么不一样，中国孩子能有的，你们都能得到。没多久，月娥便戴上了"红卫兵"的袖章。

1971年夏，我们接到了一项任务：参加国庆节游行。大部分女生参加的是女民兵方阵。据说那年的检阅强调艺术性，要求改变前几年全军事化的模式。我们的服装参照江青所拍的《海岛女民兵》：上穿海蓝色小褂，外套一件红肚兜；下着藏青宽大喇叭裤，头戴斗笠，手持"钢枪"。英姿飒爽，很是神气。暑假没放完，八月中旬我们就顶着

图 3 1971 年秋，作者身穿"海岛女民兵"服装的留影。

骄阳开始操练了。"飒爽英姿五尺枪,曙光初照演兵场……"操场两边的大喇叭响着雄壮的旋律,我们排成方队,边走边舞,反复地来回练习。指导老师要求我们挺胸抬头,双肩手臂随着音乐轻微地晃动,这动作很女性化,但对那个时代我们这些性别意识比较淡漠的女生来说,难度并不小。第一次彩排后,老师说,方阵通过天安门时,斗笠要随着我们的弯腰显示黄色,甩头时要露出一张张粉红色的笑脸……

离国庆还有一周,女民兵的服装道具都发到了个人手中,只等一声令下,队伍就可开赴长安街接受检阅了。突然,学校接到通知,说今年的国庆检阅取消了。太扫兴了!趁着服装还没交回,我们纷纷去照相馆拍照,人人都觉得自己比照片上的女民兵更漂亮(图3)。

小华聪明乐观,多才多艺,各门功课都很出色。记得有一次,语文老师对小华写的一篇作文赞不绝口,将全文为大家讲评了一遍。那是一篇有关京郊某岩洞的游记,文字十分生动。老师说,这篇作文可以给某杂志投稿。后来,小华成了学校文艺宣传队的骨干。打谷场上,大家静静地席地而坐。小华扮演的吴清华,一身红装,踉踉跄跄冲上砖石砌成的简陋舞台,激动万分地仰望飘扬在"解放区"上空的红旗,"金鸡独立",踮脚碎步……随着大提琴如

图4 初中毕业时全班女生的合影

泣如诉的伴奏，小华用颤抖的双手捧起红旗的一角，深情
地贴在了脸上……

　　1972年春节刚过，我们被急召回校，准备迎接尼克松
访华。尼克松来后，北京连续几天下起了鹅毛大雪。美国
人去八达岭那天，同学们一早赶赴长安街，为即将通过的
车队扫雪。大家铲的铲、扫的扫、抬的抬，到处都是组织
来扫雪的人。八九点钟，一辆辆大巴士开过来了，我和小
红一前一后，抬着一筐雪，坐在车里的一名"老美"拿着
相机，隔窗对准我们，"咔嚓"一下。小红赶紧正了正头

图5 上大学期间，初中好友相聚在北海，却少了小红。

上的红格方巾。事后，她一个劲儿地问我："我的样子是不是很狼狈呀，有没有给咱中国人丢脸呀？"那会儿的街头，流传着这样一个故事：一个八九岁的男孩，穿了件有补丁的衣服，见一位美国人要给他拍照，他就拼命地跑，美国人拼命地追，最后跑进了西单菜市场（那一阵，菜场里的货架比平时丰富得多）。小男孩跑到水产柜前，售货员非常配合地给了他一条十多斤的大活鱼，他抱在胸前挡住补丁，咧开嘴笑着说："照吧！照吧！你拍下我们天天吃大鱼大肉。"这么小的孩子都知道不能给中国人丢脸，小红的反应当然很正常！

京京是个品学兼优的好学生。她思维敏捷，口才极佳，在我的眼里她更擅长文科，无论是记叙文还是议论文都写得漂亮。下午自习时间，有时排长带我们开会，"批判"不遵守纪律的"捣蛋"男生。京京每次发言，都条理清晰，有理有据。我们几个都很佩服她在这方面的"才能"，认为她将来可以当个政治家。

初中即将毕业了。从我们上一届开始，北京市挑选少量学生试点，恢复了停办多年的高中。到我们这届，将有25%的优秀学生上高中；剩下的75%要进入社会，其中大部分要上山下乡。

毕业时间很快到了，我们五个人都幸运地上了高中。

大概是受女中遗风影响，我们没理会男生，女同学到照相馆留下了这张纪念照（图4）。高中毕业后，京京和小乔下了乡，小华进了工厂，我去当了兵，只有小红从此没了消息。

恢复高考后，我们四人先后考入了大学，且不约而同地选择了理工科。才华横溢的小华、才思敏捷的京京都选了计算机专业。当我们在北海白塔下再次相聚，享受重逢的喜悦时，照片上只剩了四个好朋友（图5）。

红装素裹

于　青

　　这张照片是我和我的小学同学在 1975 年 3 月拍照的。二十年了，二十年在不经意间就这样过去了，但拍照时的心情却历历在月。那个时候是我的黄金岁月。正在读高中，心中的最大梦想就是想参军。参军是不可能了，因为那时的当兵是要走后门的。我们家没有后门参军，但去搞一套军装来穿上过过病，还是可以做到的。我们便去借了军装，与好友一起，到青岛的栈桥附近拍照。那时我们几乎每人都有一套军装，但多半是自己扯布做的，很少有真的军装穿。我们这些军装的票友穿起军装来还很有讲究，一是军装的上衣一定要有掐腰，最好是裙装的上衣。一是军裤要又肥又长，一般裤腿是七寸，上下一般肥。这样穿出来的

我和小学同学的合影。摄于 1975 年 3 月。

军装有一种文艺兵的效果。正像那个时代最常见的一句词：
红装素裹，分外妖娆。

　　我有过一身海军装，一身陆军装。都是自己做的，但
颜色和款式却很像真的军装。我的整个大学时代都穿着它
们。非常奇怪的是，穿上军装的感觉与穿其他服装的感觉
就是不一样。无论是走路还是说话，都本能地有一种庄严

感。在大一的时候，有同学与我说话，我会态度非常矜持，有军装在身，使我不知不觉当中就有一种使命感，以致于那时同学对我的印象是清高、骄傲。我也很委屈，觉得自己已经非常的谦虚，从来也没有认为自己是多么了不起，怎么会有这样的印象？现在想想是没有错了，一定是军装的魔力。当然，也有很多同学认为我是军队的女儿。应该说，这里面也有我的另一个梦想。

记得少年时我最喜欢的一本书叫《军队的女儿》。书里的主人公刘海英是我少年时的楷模。记得在一次作文课上，是写命题作文，题目是《我心中的一个英雄》。我一口气写下了一首长诗，有这样的几句我还能记得：

我心中有一个英雄，

她的名字叫刘海英，

每当我做事情，

英雄的形象就出现在我眼中。

长空好似锦绣，

山河放射光芒，

云彩不能阻挡，

只要你选对道路，

你应该决不回头。

这篇作文我当堂完成，还得了一个大大的五分。平时，语文老师是从来不给我们满分的。大约在很长的一段时间里，我还是把刘海英当成心中的英雄，以至于我的父亲在某些时候不能说服我有勇敢闯劲时，也会把刘海英抬出来做我的工作。这都是孩提时代的事了，但从这里可以看出我的军装情结是有渊源的。不过，应该记上一笔的是与我一起照相的这位同学。她是我的小学同学 W，人长得非常漂亮，在不上课的日子里，我都是与她一起度过的。我们一起积攒过糖纸，稍大一点后又积攒过邮票。我还跟她学会了做集邮的本子，那时是没有集邮本卖的。

这一次照像，就是她借的军装，请她的父亲为我们拍照。记得还有一张是在她家里照的，我坐在一架钢琴旁边。记忆中的小 W 有很多的乐器。平时她练的是小提琴，但每到暑假时她都要去北京学钢琴。是跟刘诗昆学。而刘诗昆的大名我就是从小 W 那里知道的。小 W 后来好像也没有从艺，印象中她的拿手好戏是讲故事。

一到放学回家的路上，就会有许多同学围着她，听她讲一些稀奇古怪的故事。她讲起故事来绘声绘色，很吸引人。有时我想，当初如果让小 W 自己选择职业的话，没准她能成为一个很有成绩的作家。她太有想象力了。不知小 W 现在的生活如何了，每次回青岛探亲，走到中山路时，我都会不由自主地想起她。想去看看她，又怕太唐突，毕竟时光已经流逝了二十年了。

二十年过去了，回想往事，有许多的情怀还是那样的亲切。而今，我们天天生活在大都市的滚滚红尘中，军装是不再穿了，当兵的少年梦也被一些你明知是市俗的但也不得不追求的欲望所代替。以前的纯洁也渐渐被世俗所代替。如今，无论我穿多么昂贵的时髦服装，那种穿军装时的英姿飒爽却是再也没有了，但"红装素裹"的记忆还会留在心底深处。

阳光灿烂的笑容

孙建亮

这张照片拍摄于 1976 年 7 月 16 日。那天济南市组织了数千人横渡黄河，纪念毛主席畅游长江十周年。

十年前的 1966 年 7 月 16 日马泽东在武汉再一次畅游长江。那时他已经是七十三岁的老人了，他踌躇满志，向世界展示他健康的体魄和笃定的信念。此后，每年 7 月 16 日，全国各地都会举办毛主席畅游长江纪念活动，长江沿岸游长江，黄河沿岸渡黄河，不临江不靠河的城市，游湖泊，游水库。

照片中 22 个阳光灿烂的少年，是当年参加横渡黄河的山师附中学生方队全体成员，都只有十五六岁。前排左边第四位笑得脑门放光那个是我，那年十六岁。

记得那年的纪念活动办得挺隆重。进入 6 月中旬，各单位报名就开始了。我们山师附中高二高一两个年级 14 个班，报名者逾百人，经过初选留下 40 多人，再经体育老师挑选，最终留下了 20 多人参加。挑选的过程挺有意思，大家在操场上排列成队，老师目测选人，以"色"录取，凡是皮肤白白净净的一律淘汰。我们那时候不用考大学，学习压力不大，夏季最喜欢的活动就是游泳。我常常是上午上课，中午吃完饭去游泳，下午两点上课以后在课堂上打盹；周末更是一整天都泡在泳池里。那时泳池都是露天的，每个喜欢游泳的人都晒得黑不溜秋的，所以老师会有这样的判断——皮肤不够黑的，一律不够格。照片可以看出，我那时长得圆头圆脑，夏天在泳池里一晒，皮肤黑中透亮，人送外号"刚果鬼子"，自然顺利过关。

接下来是胆量测试，老师接连问了一些问题让大家回答。记得有一个问题是你怕漩涡吗？遇到漩涡该怎么办？同学中各种回答都有。有的回答，改自由泳，加快划水打水频率，快速冲过去！问到我时，我说："不怕！如果遇到漩涡就趴在水里，四肢展开，加大水的阻力面，待漩涡小一点时发力冲出来。"奇怪的是老师只是提问，并没有告诉我们应该怎样对付漩涡。多年以后回想起来，感觉对这个问题，其实老师也没有答案，他不过是想试探同学的胆量，或者他知道，黄河到了济南段已是下游，水流和缓，根本就没有上游那种令人恐惧的漩涡。

接下来是一个月的水上训练。水上训练是在解放阁下的青年游泳池里进行。这个游泳池长 50 米，宽 20 米，不是一个标准的池子，但泳池里是天然泉水，水质清澈。我们每天上午先进行游 1000 米的体能训练，完成任务大家就自由活动。年轻人在一起，难免会相互较劲，自由活动的时候也常有一些"比赛"，展示自己的游泳技能。

有一件事记忆挺深刻，我和武永海比赛潜水，看谁潜泳距离更长。第一个回合是根据泳池的宽度比赛潜水。武永海先下水，他顺利地潜游到泳池另一端又折返回来。我下水后，也同样潜泳了一个来回。这一来一回是 40 米，憋一口气一次完成，也够不简单的。首回合不分胜负，稍事休息又进行了下一轮比赛。这回是根据泳池的长度潜水。不仅距离增加了，难度也增加了不少，首先不能借转身时双脚蹬池壁助力，另外长距离潜水也容易偏离方向。还是武永海先下水，岸上的同学能清晰地看见他在水里像海豚在水下游进，好一会儿才远远地看见他在泳池另一端露出头来，他成功了！该我下水了，我一个猛子扎下去，开始没感到什么不适，越往后就越感觉到气力不足，漆黑的水下根本无法判断距离终点还有多远，觉得再坚持下去就要

图1 1976年7月16日，山师附中学生方队全体成员成功横渡黄河后，在岸边合影。（王广均摄）

呛水了。终于在距离岸边不远处，我浮出水面，输给了他……

经过近一个月的训练，7月初放暑假后，我们的游泳团队人员基本固定下来，共22个人。这期间还进行了水中集体行进演练，哪些队员在前，哪些队员殿后，彼此保持不远不近的距离，以便出现险情时相互救助。

终于到了7月16日。记得那天是个晴朗日子，我们早晨5点半在学校集合，老师再次交代了各种注意事项后，6点乘坐学校跟外单位借的大卡车出发了。

渡河地点选在历城县华山姬家庄。一路向东的黄河在这里上游处转了一个弯，减缓了河水流速，河道宽约三四百米，最适宜横渡。我们7点半到达，岸边已经是人山人海了，到处张着横幅插着红旗。大堤上有设在军用帐篷里的卫生救护站以及用苇席搭建的临时更衣室；河道中央横向锚着一条大船，扎着五颜六色的彩带，鸣着汽笛，还有几条橡皮筏负责救护；岸边锣鼓喧天，高音喇叭放着《大海航行靠舵手》的音乐……各单位参加横渡的有两千多人，十多个方队，依次在岸边排队等候。

接近9点的时候，随着一颗信号弹升上天空，横渡活动开始了。

首先下水的是解放军方队，几百名战士背着枪械武装泅渡，他们在水里显得很沉重，游得很慢，看上去很替他们着急。接下来是工人方队，他们推着铁架机械模型浮筒下水。然后是机关干部方队，他们打着红旗、扛着标语牌在水里排列成队，场面颇为壮观。

我们学生方队排在最后出场，相比解放军、工人、机关干部的方队，我们更像是参加横渡的散客，在水中既不成队，也没有旗帜标语，自由渡河。

黄河里哪有什么漩涡呀！一条大船横亘在下游端，进一步减缓了水的流速。刚下水时还有点不安定感，不一会儿就让刺激和兴奋代替了，演练多次的队形也早就忘得一干二净。不过在黄河里游泳毕竟和在泳池里不一样。在河水里睁不开眼，偶尔有水花溅到嘴里，满嘴泥沙。尽管水流和缓，游向对岸的方向也还是顺流侧向倾斜的。横渡的经历远没有想象中的那么困难，整个过程也就是十多分钟的事，但大家到达对岸后的兴奋却是持久难消。

照片就是横渡黄河成功到达对岸后留下的，拍摄者是《大众日报》摄影记者王广均。从这张照片上，可以感受到一群少年的阳光灿烂和成功后的兴奋喜悦。

还有个小插曲也要交代一下。乘摆渡返回南岸时已是中午了，大家围坐在一起吃了午饭，一边叙说着刚才不久的兴奋刺激。食物是我们自己带的，大都是馒头烧饼咸菜鸡蛋。我嫌组织者提供的开水总是供应不及，竟自拿两个

图2 油画《阳光灿烂的笑容》（贾斌绘）

大碗直接在黄河里舀了两碗水，想等泥沙沉淀下以后饮用。没想到十几分钟过去以后，一碗水竟沉淀下半碗泥沙。试着喝一口，满口的泥腥味。哈哈，泥腥味，这才是正宗母亲河水的味道。

　　吃过午饭，乘车返回。我们在车上一路唱歌，现在能记起的歌是《打靶归来》："日落西山红霞飞，战士打靶把营归……"这首歌最适合我们当时兴奋未消、青春四溢的心情。

　　回到市区，活动还不算结束，最后一项是老师带我们到解放桥历山浴池洗澡。那会儿家家都没有冲澡的条件，总不能让大家带着一身泥沙回家。记得下午澡堂里人不多，一池清水是给晚饭后泡澡的人准备的，可是我们二十多个小家伙在水里扑腾完了，出来，一池清水就变成黄泥汤了。管理浴池的大叔直摇头，抱怨说可惜了他一池好水！

一晃四十年过去了，再次见到这张照片，当年的青春少年已经是人到中年了。说实在的，连我自己都被我们当年那份阳光灿烂惊住了。经历了社会观念的巨大变化，经历了人生路上的打拼磨砺，见识了太多的伪诈欺骗，我们早已学会也习惯了矜持、怀疑和自我保护，也早已告别了当年曾经有过的那份天真。

三寸见方的旧照片，当年的同学依稀可辨，记忆的闸门迅速打开，努力回忆着当年的情景，仔细辨认照片中的同学，竟还能一一叫得出他们的名字。

后排左八是武永海，当年在潜水中赢了我的那位同学。

后排右一和后排左二是一对双胞胎兄弟，哥哥孙乃金，弟弟孙乃宝。现在一个在省农业厅种子管理总站工作，一个下海当起了渔具店老板。当年的一对瘦小子，如今都成了大胖子。

后排左六，掩饰不住得意洋洋的那位，是朱青松，我叫他老四（排行老四）。当年这张照片就是老四邀请王广均记者给我们拍摄的，多年来一直珍藏在他的相册里。老四做过记者、编辑，后来做电视制片人，如今已甘居幕后。这篇小文章应该由他来写，可是五十多岁的中年人，偏偏厌倦了动笔，喜欢上了跑马拉松，也常到世界各地参加比赛。我记得他说过："比小布什成绩好！"

更多的同学则虽叫得上名字，但失去了联系，更不知道他们现在做什么。就不一一介绍了，假如有机会看到照片，还是自己来对号入座吧。

这张油画，是根据照片的再创作，明天出版社画家贾斌老师的作品。贾老师取名《阳光灿烂的笑容》。二尺见方的油画，看上去比照片更具有历史感。这张油画就挂在我的书房里了，而且会永远挂下去，它帮我留住了那远逝的岁月。这也算是我近水楼台之所得吧。

北大的一次学生舞会

郭小聪

　　从一个时代到另一个时代，总有个开端，我们77级正好站在这个时代转折点上，从我们这届开始，大学生又要从考场走进校门，而不是仅仅选派、推荐。

　　1978年还不像1979年那么有声有色，但生活已经在悄悄发生变化，就像春潮从破碎的冰层下奔流一样。1978年让我记忆犹新的是第一次学生舞会，那是我们中文系文学专业77级开的头，当时我是团支书。

　　1978年10月份，77级入学后的第二个学期，社会上开始有了舞会，但北大的夜晚仍然静悄悄的，其他大学似乎也差不多。当时我们团支部抱着思想解放的热情，决定要搞一次活动学跳舞，按说我们班女生较多，办舞会有条件。

大学一年级的冬雪，北大临湖轩。右四为作者。摄于 1978 年。

这个想法很快得到校团委的支持，由他们去校外联系老师，地点定在未名湖东岸的第一体育馆。

　　舞会的前几天，我们团干部就一一叮嘱同学，怕大家怯场。11 月 10 日当天晚饭后，我们又提前到图书馆各个阅览室、自习室去找了一遍。我还记得一个湖南籍同学被我拎出来后笑呵呵的满脸歉意的样子。就这样，连哄带拽，总算准时把同学们带进了舞场。

　　那天教的是集体舞，女生站里圈，男生站外圈，反向转圈子，跳一会儿换一个舞伴。刚开始，男女生要牵起手来，向前高抬，摆好姿势，但这就很不习惯。男生不好意思去

牵女生的手，迟迟疑疑，别别扭扭，女生也不好意思主动，
羞羞答答。因此，老师和我们几个团干部转圈检查，必要
时硬把两个人的手拉到一起。大家手是牵上了，但拘谨得
像木头。教舞蹈动作时，大家的姿势更是僵硬，特别是男生，
手伸不直，舞步东倒西歪，转圈不利落，方向不对，越是
担心别人笑话，舞姿就越变形。我们这些同学做工务农，
饱经风霜，平时坐而论道，侃侃而谈，现在男女生以这种
姿势相处，真不习惯，互相都不太好意思对视。

　　不管怎样，到了舞会的后半段，情况就好些了。舞曲
挺好听，男女生手拉着手转来转去，有了点眩晕感，轻飘
飘的，再加上发现并没有人注意自己，大家都在忙自己的，
于是动作就比较舒展了，开始认真琢磨起自己的舞姿来了。
等到舞会散了时，大家的情绪实际上都挺兴奋的。未名湖
水荡荡漾漾地倒映着岸边的灯火，轻歌曼舞的感觉前所未
有，挺美的，但似乎又不好表达出来。

　　第二个星期五，11月17日，我们又趁热打铁，再进一步，
先让大家跳集体舞，然后突然喊"停"，以现有的队形结
为舞伴，改学双人舞。这以后，我就不记得还组织过第三
次舞会了，因为舞会迅速在各个系风行开来，外国留学生、
校外的人也纷纷加进来，到年底时，舞会已成为各种新年
晚会后的必备节目了。少数腿脚灵活的同学成了舞场的风

云人物，越跳胆越壮，带女生像旋风。而我们大多数男同学刚有点兴趣，还不太会跳，就又缩了回去，因为在带女生转圈子这点上特别没把握，还不敢邀女生。

我的大学

朱新地

七七级和七八级是中国教育史上非常特殊的两届大学生，恐怕在世界上也属罕见。由于高考制度的恢复，十多年来积压的毕业生潮水一般涌进了考场，因此，这些出身背景各异，生活经历千差万别，年龄差距达十五六岁的人，走进了同一间教室，成为同窗，这是那个时代特有的风景。

我们班四十一个同学中，有七个"老三届"。最大者如我等，1947年出生，插过队、做过工，是"拖儿带女"来上大学的；而应届毕业生里，最小的为1963年出生。然而尽管差异巨大，同学之间却没有多少隔阂或代沟，大家如同兄弟姐妹和谐相处，互相帮助，皆一心扑在学习上。

同学老殷，父亲原是上海某大医院院长。上大学之前，

图1 1979年于南京中山植物园，前排穿碎花上衣的为作者。

老殷已在基层医院当过八年的外科医生，其专业知识及经验，远远超过了一般医学生的水平，甚至我们后来到某县医院实习时，那些年轻的带教老师都不如他。然而老殷依然刻苦用功，对每一个问题都深钻求精，加之为人谦和、乐于助人，因此，同学们凡有不懂的问题都去请教他。

同学老乔，来自北方农村，上学时已有三个孩子，妻儿老小都还在那片土地上，全家生计全靠老婆种地、养猪维持。有一次，在得知老乔的困难之后，同学们凑了一些钱想帮助他，老乔不肯接受。后经大家好说歹说，老乔总算收下了，谁知他却把这点钱拿去买了一些笔记本，回赠给每一个同学。送给我的笔记本的首页，有老乔的题词："英明领袖救群童，五湖四海聚金陵。风格高尚学雷锋，革命情谊玉石铭。科技为海苦作舟，共为四化勇攀登。"也许今天的年轻人看了会觉得好笑，我却为老乔的真情所感动，这是我们一代人的真实写照啊！

其他几个"老三届"，以及更多年龄稍小一点的同学，也多有过上山下乡或各种各样的工作经历：工人、民办教师、赤脚医生等等，有的甚至是"现役知青"考进来的。而那几个应届毕业生，则是从中学直接迈进大学的，一张白纸，稚气十足。

记得大一时参加区人大代表选举，全班同学正坐在庄严的会场等候投票，辅导员徐老师突然进来，把晓玲、利平、冠冠等四五位小同学"请"了出去，说："你们还未满十八岁，还没有公民资格，没有选举权！"一时间成为众人的笑谈。

那时候，学校里生活设施和各方面条件皆有限，我们的生活也很简单。

首先是吃饭简单，食堂里没有桌凳，大家都站着吃饭，三下五除二就完事了。后来，学校后勤推出关心学生的举措，晚上食堂有时有面包供应（《新华日报》还专门报道过），但迟了就买不到，于是谁买到了面包便有一种满足感；再

图2 1981年暑假与同学于江西石钟山，后排右一为作者。

图3 1981年暑假于庐山，中为作者。

后来，开始有方便面了，两角三分钱一包的鲜虾面、牛肉面等等，更是人人喜爱的美味佳肴，宿舍里几乎每人的床头都挂了一大网袋。

每天只有早饭和晚饭时间可以打到开水，街面上也还没有什么桶装水、瓶装水的，同学们基本上是一暖瓶开水，就可以满足从喝到洗一整天的需要，寒冬时节还要省下小半盐水瓶水来暖被窝。

在改革开放初期的那个年代，物质生活还远不丰富，大家的衣着基本还是"新三年，旧三年"的老一套。然而春天毕竟来了，市面上各类商品渐渐丰富起来，琳琅满目地吸引着眼球。班里大多数同学都要靠助学金，家长中也没什么大款，人人的日子都要精打细算。于是，爱美的女生们就在街上买来打折处理的便宜衣料自己裁，省钱的办法是：先到街头的裁剪摊上裁出一件，回来后把衣料铺在床上，用小剪刀按衣样一件件地剪出，再让家里有缝纫机的同学拿回去缝，新衣服很快就能上身；还有女生宿舍里那些不逊于理发店的"美发技艺"，等等。这些当今学校里已不会再有的事情，却是我们弥足珍贵的回忆，那是我们大学生活里的一道道别样风景。

白云苍狗，斗转星移。"七七级、七八级"已成为历史名词，我们也已两鬓染霜，连班上最年少者都年过半百了。但大家依旧怀念那些一同走过的岁月，怀念那些志存高远、蓬勃向上的日子。也许，以后大学里再也不会有这样的班级和这样的"同学"了……

大三那年，听说大四的理论课一结束就要进入临床实习，大四一年不再有暑假，也就是说，1981年的暑假将是我们大学时代的最后一个暑假了，而一旦走上工作岗位，这样长的假期更是难得，于是几个同学相约出去旅游一趟。几经周折，最后一同上路的有六个人。

我们制订的计划是从南京上船，逆水而上，先登庐山，

图 4　1981 年于南京阳山

再经武汉去三峡，尤其想去看看大宁河的小三峡。

当时买到的好像是四等舱票，反正是大统舱，不过总算有张床睡；一路的消费是 AA 制，即每人拿出一份钱，由专人统一保管、统一花费。

我至今难忘船上那个美妙的月夜：银色的月光下，江面波光粼粼，四野一片朦胧，正是杜诗"星垂平野阔，月涌大江流"的生动写照，我们在船头久久伫立欣赏美景，特别刚从沉重繁忙的学业中走出，更是感到心旷神怡。

抵达庐山脚下后，三个女生要乘车上山，我和两个男

图 5 1982 年进入临床实习时合影。

生则是从好汉坡爬上去的。那天一直到晚上八九点钟,我们仨才爬到山顶牯岭。

游毕庐山,几个人逐渐分散,到武汉后就只剩下我和韩同学了。也是在到达武汉之后,才知道那年四川发大水,上溯的轮船全部停开,三峡是绝对去不成啦!

我和韩同学站在浊浪滚滚的长江边,怎么也不甘心就此罢休。我数数口袋里还有 120 元钱,而韩同学还不足 100 元,我俩在江边琢磨了一阵地图后,登上一列北上的列车去了六朝古都洛阳——如今回想起来,那时真是梦很美，心也够贪，口袋里只有这么一点点钱，居然敢"不管三七二十一"地踏上远途，而且居然真的完成了！

一路上，卧铺自然是没钱买的，只要临上车前花一角钱买两张报纸，看完后就可以铺在地上睡觉。无论多么拥挤的车厢，长凳下总能拓出一方可伸展肢体的地盘，夜车也是流动的旅馆。

游过龙门石窟，韩同学说："我们上北京吧，我家北京有亲戚，不用花旅馆钱。"

玩完北京后，我说："离承德不远了，去一趟吧，领略领略皇帝行宫的滋味。"

依旧是一角钱买两张报纸睡"流动旅馆"，清晨到了承德。找到一个水塘，洗过脸又洗了换下的脏衣服。然后每人花八角钱租辆自行车，开始奔外八庙。

皇家避暑地承德，七月的骄阳依然灼人，人迹稀少的黄土道上，两人边蹬车边放声唱"盖着蓝天铺着地，紧紧腰带又是一百里"，头上顶着的湿衣服像两面迎风招展的旗……

实际上，我们一路都在担心着跑得太远回不了家，每日维持生命的只有面包、大饼加两分钱一碗的大碗茶。酷暑难熬也舍不得吃根冰棍，可又时时对着地图算计口袋里的钱还够跑多少地方。

此后的旅程是天津、大连、旅顺、烟台、青岛、济南、泰山、曲阜，回到南京时，两人所剩的钱加起来还不到一元。

　　开学后，我们得意地向那几个在半途打道回府的同学大侃：塞北的壮丽、渤海的湛蓝、崂山的秀美和泰山的雄奇、孔庙孔林与黄河故道的历史感及沧桑感，却没有说怎样被大雨淋成落汤鸡又被太阳晒干，没有说在候车室、船码头的一次次露宿，以及在兖州车站旁看着油淋淋、香喷喷的符利集烧鸡馋得直流口水而买不起，更没说回家以后就大病了一场……

　　后来，我又有过很多次的旅游，足迹远至国外，但那样的旅行却再也没有了——它只属于青春岁月！

初中生活的记忆

吕建国

一张毕业照

一日，偶然翻出了一册学生时代的生活照。这张摄于1981年4月6日，记录着我们青春岁月流痕的初中毕业照，又把我带进了二十八年前的初中生活中。

1981年4月6日，沾化县富国镇刚家中学（初中）十级一班的师生在学校后院的南墙根下留下了这张合影。

我们的初中生活，是从1978年9月暑期后开始的。考入刚家中学后，我被编入十级二班，这在当时是全镇仅有的两个重点班之一。班里的四十余位同学来自富国镇的刚家、坝上、西刘、小太平庄、大磨李、胡营、高家等十几

毕业合影。摄于 1981 年。

个邻近村子。

照片上，男同学一律齐刷刷戴着那个年代流行的黄色带檐单帽，一身现在看起来皱皱巴巴的中山装，忠实记录了那个年代的穿着特征。有几位女同学们穿着当时看起来时尚艳丽的方格上衣，为这张集体照增添了一点活泼气息。

郭吉金（前排左二），是我入初中后的第一个同桌，刚家村的。她常常会从家里带些爆米花、地瓜干儿等小零嘴儿，与我们这些外村学生分享。胖乎乎、一脸可爱相的刚献芝（前排左三），给大家留下的印象最深。她是在我们临近毕业的前一年插班的。和别的女同学柔弱纤细的性格不同，刚献芝性格活泼，敢说敢做，特别是天生拥有的一把子力气，不知道曾让多少男同学皱过眉。每年学校举行运动会，她在女子铅球比赛中从未失过手。边青美（前排左四），是我们班上的活宝，她天真、活泼，经常不经意间制造一些笑料，让我们在紧张的学习间隙，轻松轻松。

关于这张毕业照还有一个小插曲。就在照相师傅按下快门的瞬间，马景霞（二排右三）眨了一下眼睛，洗印后的效果可想而知。她去找老师要求重照，被告之已无法挽回，伤心不已的她还哭了鼻子。对于照片上韩老师（二排左二）的名字，我的记忆已有些模糊，好像叫韩玉美。可能是在城市里长大的缘故，文静、漂亮的韩老师说起话来柔声细语。她教过我们化学课，后来不长时间就调走了。王汉杰老师（三排左一），是我们的第一任班主任，也是我们的数学老师，后来调入沾化县一中。樊成泉校长（三排左五），富国镇樊桥村人，后调入县教育局工作。杨希贤老师（三排左六）那时已退休，属学校返聘，负责后勤杂务，间或也替一些老师代课应急。杨老师一辈子以德示人、谦恭低调，待人和蔼，口碑甚高。

毕业照上有四十四位同学。其实还有很多同学因各种原因在中途退学了，能够坚持到毕业的，仅是这个小群体中的一部分。

同学情谊

刚家中学坐落在刚家村的南边。一条东西向的村间土路把学校分成了前后两院。

学校前院其实没有院墙，只有两排红瓦、土坯结构的教室。后院则是一个完整的院落，西屋、北屋的几间教室，是刚家小学一至四年级的学生；南面山墙是一溜儿矮小土房，门朝北，临街。东头三间是学校食堂，西头几间是几位老师的宿舍兼备课室。这张毕业照就是在此拍摄的。

学校没有供大家集体吃饭的地方。刚家本村的学生无须在学校用餐，外村学生吃饭一律都在教室里。常常是一到吃饭时间，男女同学就各自抢占有利地盘，仨一帮儿、俩一撮儿，无论咸菜瓜子还是豆腐虾酱，都吃得有滋有味。

因为没有供大家吃饭的餐厅，同学们便把干粮兜儿挂在教室的后墙，咸菜瓶、碗筷等放在后墙角的水泥台上。夏天天热，从家里带来的窝窝头，吃不了几顿就发霉变馊。晚自习时，常有老鼠出来凑热闹，偷偷地光顾水泥台，在咸菜瓶子间，煞是人。

学校规定，只有每周三下午两节课后，我们这些外村的学生才可以回家带干粮。冬去春来，寒暑更迭，数不清我们在家与学校之间走了多少趟儿。不过，麦浪的扑鼻清香、雨后青蛙的合奏、雪地上的串串脚印……都永远留在了我们的年青的记忆里。

杨顺堂的瓷碗

杨顺堂和我是同村，与我同龄。实事求是地说，杨同学当年的学习成绩非常一般。可能是糟糕的成绩给他带来巨大压力，渐渐地，他对上学失去了兴趣和耐心。初二上学期，杨顺堂提出了退学申请，并很快得到了准许。

有意思的是，事情过去了好几个月，一天我们正在上课，杨顺堂的哥哥来到学校，恳求同学们帮忙找一下弟弟吃饭的瓷碗。我们都十分纳闷，虽说他家里穷，但也不至于如此在意一只破碗！杨顺堂的哥哥说，这是家里老父亲的意思，孩子上学时的其他东西可以不要，但饭碗无论如何不能丢，那可是孩子一辈子的事。在杨顺堂父亲眼里，那只不会说话的瓷碗其实有更深层次的意义——孩子长大成人后凭本事吃饭的饭碗，怎么能说丢就丢呢？

我们没有想到，在一代一代过惯了穷日子的农家人眼里，一只普通的瓷碗，居然承载着父辈那么多企盼，包含了那么多寓意……

玉米面黏粥

初中三年，让我们无法忘记的，除了师生情、同学情外，还有那终日不变的一日三餐。

那时，无论老师学生，一日三餐都非常简单。中午、晚上我们都是就着咸菜、虾酱吃自己从家里带来的窝窝头。有时把干硬的窝头放到食堂的锅里热一下，有时干脆啃凉的。

每年入秋以后，学校改变夏季一日三餐喝馏锅水的习惯，改为早上为大家熬一大锅玉米面粥。那年月，喝粥虽算不上奢侈，但每天早上能热热乎乎喝上一顿黏粥，也真是一种享受。玉米面是学生们从自家带来的，初中二年级时，我和周培利负责过秤，再按斤两发给同学们粥票。分粥是一件辛苦活儿，开饭时间有限，除去给大家分粥，我俩还要赶时间吃饭，顾此失彼是常有的事儿。

正是少年读书时

傅国涌

　　孤独寂寞的山村，从童年到少年，我一直没有找到可以分享读书乐趣的同伴，许多同学只能算是玩伴。

　　直到 1983 年后结识的邻村少年李建林，他也爱读书，最早送我几册《文史知识》的就是他，后来一起读尼采、叔本华，读萨特、海德格尔，旧影集中保存着难得的一张合影，那是 1985 年春天。我们最后一次见面是在 1988 年前，前几年听说他已病故。照片中的另一位叫卢达，有过短暂的交往，记得他考上大学后还给我来过一封信，之后失去了联系。时间如流水一般过去，许多人来了又走了，什么痕迹也没有留下，能在某一段留下些许痕迹，已属不易。

　　1985 年秋天，我在故乡的县城与徐新结识，他爱读书，

1983 年前后作者在家中

爱思考，对文学、哲学都有浓厚的兴趣，他读康德，读钱锺书，大部头的《诸子集成》《全唐诗》《全宋词》他都买了。他那时就在啃康德的《纯粹理性批判》、萨特的《存在与虚无》，钱锺书的《管锥篇》《谈艺录》他都读得津津有味。在我们相交的几年中，我们分处两地，以通信为主，偶尔见面也多在他家，他只来过我家一次，我后来工作的乡村中学一次。每次见面，我们总是有说不完的话题，常常谈到夜深甚至凌晨。他有一肚子做学问的雄心大志，自学英语、德语，后来还在北外的歌德学院学习过一二年，一心想考入北大哲学系研究哲学，结果功败垂成，没能踏上治学之路。

在我成长的"长八十年代"，有过三次阅读转向，1983年冬天我的阅读趣味渐渐转向中国现代文学和世界文学（主要是诗歌），重点则在文史研究方面，王国维、孟森、顾颉刚、蔡尚思、柴德赓等人的相关著述是最初出现的。柴德赓《史学丛考》中有一篇《从白居易诗文中论证唐代苏州的繁荣》，就引发了我想写一篇宋代温州繁荣的文章，结果由于史料、笔力不足，没有写成。那时我读到王国维的诗"人生过处惟存悔，知识增时只益疑"，就很喜欢。

1985年秋天，我对美学产生了强烈的兴趣，不仅读到了宗白华、朱光潜、李泽厚这些人的著作，还开始阅读西方美学著作，进一步为哲学所吸引，从尼采、叔本华到维特根斯坦、雅思贝尔斯。我保存下来的笔记本还有几本都是美学札记，有克罗齐的《美学原理》、黑格尔的《美学》《精神现象学》、雪莱的《为诗辩护》、库申的《论真善美》，还有雨果、丹纳、罗丹、托尔斯泰、别林斯基、车尔尼雪夫斯基等人论美的文字摘录，鲁迅所译日本作家鹤见祐辅的《思想·山水·人物》也是那个时候读的，对于旅行、落日等的论述我都做了详细的笔记。这些读书笔记保留了我生命的痕迹，使我清楚地知道，在我二十岁之前的那些努力，如同我当年抄在笔记本上的诗：

1984 年 4 月 24 日作者和李建林（后左）、卢达合影。

在积少成多的日子里

汇聚着水滴石穿的信念……

　　1987 年以后，我开始逐渐转向政治学、社会学和历史学的阅读，洛克、孟德斯鸠、卢梭、密尔、韦伯、汤因比他们将我带进一个更深沉辽阔的世界，我对山外世界的想象不再停留在吴越风云、乌江东去或秦皇汉武、水浒三国、说岳说唐，也不再停留在郁达夫、徐志摩、沈从文或拜伦、雪莱、泰戈尔、屠格涅夫、托尔斯泰他们的笔底，我开始为古希腊以来一代代的智者的思考所折磨，我渴望融入他们的阵营中，与他们站在一起。我想起一句诗："雁荡山有几滴雁声掉进谁的眼睛，谁的眼睛便飞起来"。山中的小世界与山外的大世界之间，从此不再隔膜，即使我终生都生活在雁荡山中，我也不再坐井观天，以为天空只有井口一样大小，在精神上我已看到了那个和天空一样大小的天空，人生至此，真是痛哉快哉！

出版说明

　　本系列图书编选过程中，得到了许多师友的帮助与支持，在此一并致谢！虽经多方努力，仍有部分版权所有人未能于出版前取得联络，我们将委托中国版权保护中心代存、代转稿酬和样书；也恳请相关版权所有人知悉后与我们联络，及时奉上稿酬和样书为盼。

山东画报出版社《老照片》编辑部

.